夢からの贈り物

外郎 まちこ

東京図書出版

ようこそ！　この物語へ

夢からの贈り物 ◇◇ 目次

夢の窓から

夢からの贈り物

学生時代、私は東京の高輪にありました学校の寮で暮らしておりました。四人部屋で寝起きしておりましたので、体調が悪くて眠れない夜は、雨の日でなければ、遅くまで勉強に集中している同室の人の迷惑にならないよう、そっと一人で屋上に上がり、間違って落ちたりしないように周囲に設けられている柵にもたれて夜空を眺めることにしていました。東京の夜は、ネオンや夜間工事の灯火が多いせいなのか、空は大抵いつもボーッと薄明るくて星もまばらにしか見えませんでした。しかしたまに、そんな夜空の一角が際立って暗く真っ黒な大きな穴のように見える時がありました。しかもその辺りから、微かな、やっと分かるくらいの薄黄色の光が、地上まで太い線となって射しているように見えることがありました。それは単に、黒雲の間から射した月の光だったのかもしれません。ですが、そんな幻想的な光が見えた時、記憶に蘇ってきたのは幼い頃自分が実際に見た、と信じていた光景でした。

家の庭には、大変古い灰褐色の物置小屋が建っていました。木造で、柱も梁もギザギザの虫食いだらけになっており、そこら中につっかい棒がしてありました。それでも昔は事務所か倉庫として使っていたようで、しっかりした木の扉と引き違いのガラス窓が付いていました。雨が激しく降っている時でもそこで雨漏りにあったことはなかったので、屋根はしっかりしていたのだと思いますが、天井がどんなだったかは覚えていません。扉に鍵が掛かっていたことは一度もなく、開く時には赤錆びた蝶番がギーッと耳障りな音を立てましたが、幼い私でも背中で強く押せば開けることが出来ました。しかし窓の方は、レールが赤黒く虫が喰ったように表面がギザギザになっている上に、ねじ式の鍵は差し込まれたまま頭が折れて下を向いていましたから、押しても引いてもびくとも動きませんでした。窓の木枠はまだしっかりしていましたが、嵌めてあるガラスは埃だらけで灰色になっており、殆ど外が見えないくらいでした。窓の下には白ちゃけて、どうにか昔は緑色だったと分かる布を腰を掛ける部分に張った、背もたれのある大きな木の椅子が置いてありました。物置の中は長さも太さもまちまちの材木や大きな麻袋、錆びた鉄の棒などが足の踏み場も無いくらい雑然と積み重ねられていましたので、小さい私にとってそれらを乗り越えてその椅子までたどり着くことは大仕事でした。しかし其処にいると、戸口からは見えないので、秘密基地に入っているようで誰にも邪魔されずに遊んでいることが出来ました。よく行っては椅子の上に靴のまま乗って歌ったり、連れてきた人形とおしゃべりをしたりしておりました。しかし沈みかけたオレンジ色の夕日が窓から差し込む時は何か、おとなしく静かにしていなければならないような気持ちになりました。その時だけ未だに見たことのない世界が見えたからだと思います。

煤けたようなガラスは日に照らされて全体が明るく輝いていました。そこから外を見ようと鼻を窓につけるようにして目をこらすと、オレンジ色の輝きは消えてしまい、外は一面明るい青緑色の空間が遥か彼方まで広がっているように見えました。しかもその空間の真ん中くらいに、四つか五つの扉が数列、並んでいるのが見えました。どの扉も支える物もない空中に正面を私の方に向けて、まるでドアの見本を展示しているかのように立っていました。扉はどれも同じものはなく、鉄で出来ているような重そうな戸もあれば、複雑な模様があるために衝立か屏風のように見える物もありました。そしてそれが開いている時は、左右どちら側に開くかはてんでばらばらでしたが、いつも手前に開いていました。しかも扉は皆何もない空間に浮いているように見えるのに、開いている時はその奥に別の風景が見えました。まるで星空の中心にいるかのように真っ暗な中に小さな光の点が沢山きらめいていて、その中に入ったとたん、夜空の中に落ちてしまいそうに見える扉もあれば、奥のどこか高いところで太陽が照っているらしく、赤く光っているように見える山並みが戸口から続いている景色もあり、金色の砂漠が遠くまで果てしなく続いているように見えるものや、入り口が岩場になっていて、そこに白い波が勢いよく打ち寄せてくるので、波しぶきが外まで飛んでくるのではないかと思うような光景もあれば、外まであふれんばかりに真っ赤なバラの茂みを覗かせているものもありました。どれも名画を見ているように美しい光景でしたが、動物や虫などの姿を見たことは有りませんでした。そこに行ってみたい、と思っていましたがどうしたら行けるのか分かりませんでした。窓はびくとも動かず、私では開けることができませんでした。また、急いで椅子から降りて小屋を飛び出し窓の外に回り込んでみても、外では庭木の間から、灰色の塀越しに夕日が照っているのが見られるだけでした。しかももっと残念な事に、大きくなるにつれてその不思議な光景を見られる回数は減っていき、いつの間にか、夕暮れ時に窓をどんなに一心に覗いてみても、ただ灰色の窓ガラスが日に照らされて明るく光っているだけになってしまいました。結局、幼い自分が見ていたものが何であったのか知ることも出来ませんでした。皆は私がウソをついていると思っているようでした。また子供の言うことを真剣に聞いてくれる人もいなかったのです。

あれからもう何年たったのか、大きくなった私は、遥か離れた所で白い冷えたコンクリートの上に、背中を柵に押し付けてしゃがみ込み、夜間工事のにぎやかな音を遠くに聞きながら、幼い日々の記憶を辿り「あの扉があった空間は何処にあったのかしら？　あの世界に入ることが出来ていたら、扉から別の世界の人たちが現れて、中の美しい景色を見せてくれていたかしら？　中に入ったらどんなことが待ち受けていたのかしら？」とそんな事を色々想像しておりました。

それからまた更に多くの年月が流れたある日、部屋の整理をしていた時に、私は偶然、自分の睡眠中にみた夢の内容を時々記録していたノートが、本棚の奥に眠っているのを見つけました。それは早逝した中学時代の友人が、私が時々短い物語になっている夢を見ることを面白がって、忘れないよう書き留めておくように勧めてくれたことで始めたもので、そのために枕元にノートと鉛筆を置いておくことを習慣にしていた時もありました。寮に入っている間も、朝目が覚めて夢の内容を覚えていた時は書いていたのですが、不思議なことに夢を記録したノートと幼い時の思い出が結びつくことは、その時までありませんでした。しかし懐かしいノートの内容を改めて読み返しているうちに、もしかすると、私は幼い自分の願っていた通り、眠っている間にあの夕日の中の空間

に遊びに行って、扉の中を見せてもらっていたのかもしれない、と思いました。そこはおそらく夢の妖精たちが住んでいる世界で、扉はそれぞれの夢の入り口だったのかもしれない、と。ですから、これらの物語はその夢からの贈り物なのです、きっと。

最初の、夢の扉

この世にないお店

国道一号線を箱根から東京へ向かって山を下ってくると、道路が早川に沿って走っている間は緑も多く何処となく落ち着いた麓の町の風情を残していますが、大きなイチョウの木の下を通り鉄道のガードを潜った辺りから、風景はコンクリートの墓石を並べたようなビルが多くなり、都会さながらせかせかした人や車の行き交う市街へと変わっていきます。そのちょうど変わり目あたりの家々は和風建築に黒い板塀や生け垣を巡らせて、未だに昔の宿場町の面影を感じさせてくれます。ですがそれは、そんな観察をするゆとりのある人が感じることで、道路を往来する自動車やトラックは激しい騒音と埃をまき散らしながら、まっしぐらに自分の仕事を果たしに走り去っていきます。ある蒸し暑い真夏の午後、美智子と郁子は国道を渡ろうとして横断歩道の信号が変わるのを待っていました。傾きかけた太陽はあたりをみかん色に染め真昼の暑さがまだ亡霊のように其処此処に蠢いているような気だるい日でした。信号の前は昔ながらの店が軒を連ね、突き出したアーケードが、午後遅いとはいえまだ強い日差しを堰き止めてくれていました。二人はそこでのんびりとなかなか変わらない信号や向かいの古めかしい家々を眺めていましたが、ふとその家並みの中に見たことのないどっしりした木造の家がある事に気がつきました。彼女達から見ればそこは黒い板塀のある家で、その長い板塀と舗道の隙間から雑草の緑の頭がちょこちょこと顔を出しているのを今朝方も見ておりました。しかしその時二人の目に映ったものは昔からそこにあったようにどっしりと建っている大きな平屋の瓦屋根の家でした。家全体が黒く煤け正面には重そうなガラス戸がはまっていました。そのガラスも埃で曇り一、二ヵ所黄色っぽく変色した不規則な筋が縦に走っているのが、向かい側からでも分かりました。家の正面で屋根のすぐ下には古びたこげ茶色の木の看板が額のように少し傾けて掛けてあり、表面の塗装はすっかり剥げ落ちておりましたが黄色っぽく浮き出した文字が辛うじて『骨董』と読めました。

「ねえ、あそこにあんなお店あったっけ？」「おかしいよ、今朝ここを通ったときは確かに無かったよ」「でも、かなり古そうだから、私達が通った後に前の塀を取り払ったのかな？」話しているうちに信号が変わったので好奇心で溢れんばかりになった二人は駆け足でその店の前にやってきました。まだクーラーというものがない時代でしたから茹だるような暑さの中でありながらぴったりガラス戸を締め切っていることが異様に感じられました。そのガラスも黄色っぽく煤けて太陽を反射しておりましたので中の様子はまったく見えませんでした。覗いてみようと恐る恐る戸に近づいて一番端の埃だらけの手掛けに手を掛けて引いてみましたが、戸は重くてカタッと音を立てただけでした。もう少し力を入れて引こうとした時、いきなり真ん中のガラス戸が両側にガラッと開き白髪頭のおじいさんがヌッと顔を出しました。不意のことに二人はドキッとして飛び上がりそうになり、おじいさんの顔を見つめたまま立ちすくんでしまいました。きっとおじいさんはガラス越しに自分たちの行動を見ていたに違いなかったのですから。

そんな二人をおじいさんはニコニコしながら見つめました。タコのように丸くて真っ赤な顔をした小柄なお年寄りで、笑うと顔じゅうにある深い皺まで一緒に笑っているように見えました。

おじいさんは白いシャツに白いステテコを穿《は》いて手には『祭』と書いた団扇を持っていましたが、その団扇を振って二人を差し招きながら頷いてみせましたので二人はやっと言葉を取り戻して「こんにちは」と言うことができました。おじいさんはまるで二人の言うことが分からないかのように小首をかしげ団扇で自分の顔の方をパタパタ叩きながら身を引いて美智子と郁子をガラス戸の中に招き入れました。その仕草に、二人はさっきまでおびえていたことも忘れ、お化け屋敷に入る時のようなワクワクした気分で黒い大きな敷居を跨いで中に入りました。

入ったところは土間になっていて堅く踏み固められた黒っぽい地面の薄暗い隅には木の箱や甕やボロボロになった麻袋が雑多に置かれていました。端のガラス戸の近くにある四角い火鉢には夏だというのに炭が赤々と燃えていて上の薬缶から上がる蒸気がシュンシュン音を立てていました。薬缶は今まで見たことのない奇妙なものでした。短蒲鉾のような箱型で太いツルが不恰好に一番上の水入れ口の脇についていました。短いほうの側面の一方には注ぎ口が付けてあり長いほうの側面の両側には注ぎ口より高い位置に細く長い管が三本ずつ斜め上方に突き出しています。それぞれの管の先には鉛色の小さなコップが被せてあり薬缶の吐き出す蒸気のシュンシュンという音に合わせて管の先でコトコト踊っているのです。そのうえ注ぎ口にも弁がつけてありシューポン、シューポンと上がり下がりしています。中身を飲みたい人は手袋をしなければ火傷してしまいそうな面白いヤカンでした。不思議なことに外はひどく蒸し暑いのに、そして中は締め切ってあり火までおこしてあるというのに、部屋の空気は朝の高原にいるように爽やかでした。ほのかに漂うカビか麹のような臭いが妙に人なつっこく鼻をくすぐっていました。土間から一段高くなって板の間が設けてありその奥の壁に更に奥の部屋へ続く入り口が有りましたが、扉がなくて額縁のように黒光りする板で縁どられていたので、真っ黒な絵が壁に付いているように見えました。長押には板の間をぐるりと取り囲むように色々な形の凧が掛けてありました。どの凧も空に掛けられたことはないようで埃をかぶって古びていましたが、表に描かれた馬や鹿などの動物達の顔は自由になったら直ぐにでも空中へ飛び出して行きそうに生き生きとしていました。板の間の縁の所には二枚の布が無造作に重ねてありましたが殆ど透明なので薄暗い家の中では霞がかかっているようにぼうっとしか見えませんでした。触ってみると絹のようにキシキシした肌触りで、しかも重さが無いかのようにフワッとしていて持ち上げて手を離すと漂うようにゆっくり落ちていくのです。そしてその間に布は、さながらオーロラのように様々に色を変えていくのでした。冬の夜空のように濃紺に白い光をちりばめたようになったかと思うと、見る見る緑の蛍光色に変わり、レモン色に染まったかと思うと燃え盛る炎のようになるといった具合でした。二人はあまりの美しさに夢中になって何度もその魔法で出来たような布を持ち上げては落として、様々な色の変化を楽しみました。そのうちにふと右手の土間が板の間に沿ってL字型に奥に続いている通路に沿って大きくてがっちりした黒い戸棚が幾列も並べてあることに気がつきました。戸棚には床から天井まで沢山の棚が仕切ってあってどの棚にも忍者が持っているような巻物がぎっしり積み重ねられていました。どの巻物も太くて金の装丁はいかにも長い年月を経てきたかのように古びてくすみ黒檀のように真っ黒な軸には何かの刻印が彫ってありました。一つの棚の前に小さな立ち机が置いてあり、一巻の巻物が紐を解かれて置いてありましたので二人はおじいさんが咎めないのを良いことに、机の前に行って、その巻物を広げてみました。がっかりした事には巻物の中は、絵などは一つもなく長い数字と短い言葉が繰り返しビッチリと書き込まれているだけでした。言葉は漢字もありひらがなもあり英字や見たことも無いような文字か記号のようなものもありました。

何が書いてあるのか分からず暫く見ているうちに言葉は人の名前ではないかと気がつきました。漢字やひらがなの中に名前だと判るものがあったからです。数字はもっと判りませんでしたが同じ数字の下に幾つも名前があることと数字が一つずつ増えていくことから、色々な国の人をその数字でグループ分けしている何かの名簿に違いないと思いました。

　内容がよく分からないながらも、巻物がお経の本のように大変重々しく、本来なら触れてはならない物のように感じられたので、二人はちょっぴり後ろめたい気分になって元のように巻物を巻き戻しました。すると巻物の口書きの下三桁の数字がその日の日付とちょうど同じだったものですから、「あっ、もしかしてこの数字は日付を表しているのかしら？」と思いましたが聞いてみる勇気はありませんでした。板の間に腰掛けて窓越しに外を見ていたおじいさんに中を見せてもらったお礼とサヨウナラを言おうと傍まで行くと、おじいさんは顔をくしゃくしゃに

して笑いながらも黙ったまま手まねで二人に待っているように合図して、板の間の隅から重そうな四角い箱を前に持ってきました。30センチ四方ぐらいの黒檀で出来ているような黒光りする箱で精巧な浮き彫りで唐草模様が彫ってありました。オルゴールのように見えましたが、おじいさんが開けると中は空っぽで黒いビロードの布が内張りしてありました。ところが開けて何秒もしないうちにビロードの中から湧き上がるようにシャボン玉が出てきたのです。どんどん浮き上がってきて箱の中は見る見る真珠を詰めたようになり更に浮き上がって次々に空中に溢れ出しフワフワと周りを漂い始めました。触れても壊れること無く手も体も素通りして三人を包み込み、辺り一面みるみる虹色に輝く球で埋め尽くされてしまいました。そしてハッと気がつくと美智子も郁子もいつもの見なれた板塀の前に立っていたのです。骨董屋さんは影も形も有りませんでした。あっけにとられて立っている二人を通り掛かりの人が邪魔そうにじろじろ見ていました、国道はさっきと変わらずやかましい音を立ててトラックが行きかい夕日は暑苦しく歩道を照らしていました。体中汗びっしょりになりながら、それでいて背中に冷たいものを感じて二人は各々の家に向かって一目散に駆け出しました。

それから一週間ほどしたある日のこと、美智子は母に連れられて知り合いの家に赤ちゃんが生まれたお祝いに出かけました。その家で神棚に貼ってある名前を読んだとき心臓が飛び出しそうになるほどびっくりしました。赤ちゃんが生まれた日はあの骨董屋さんに行った日で美智子はあの巻物の中に赤ちゃんと同じ姓名を見ていたのでした。もしかすると骨董屋さんで二人が見た巻物はこれから生まれてくる子供たちの名前を書いたものだったのかもしれません。しかしあの巻物は沢山あったとはいえ無限にあったわけではないのです。あれから何十年経ったでしょうか、二人は二度とその場所にその骨董屋さんを見ることはありませんでした。

二つ目の夢

昼下がりの庭で

いぶし銀のような色に塗られた門をくぐり、踏み固められた小道を抜けたところに、豊かに茂った高い木立に囲まれた芝生の庭があり、その真ん中には色とりどりの花が植わっているお花畑がありました。

ある日の昼下がり、女の子は一人でそのお花畑を散歩しておりました。青空にはところどころ、綿菓子のようにふわふわした雲が浮かび、ピンク色のグラジオラスの花の間を白いチョウチョがひらひら舞っている以外には動くものもないように穏やかな日で、聞こえてくるのは風と話しているらしい高い木々のざわめきだけでした。茎を伸ばして道をふさいでいる花をつまんで中の方に押し戻しながらブラブラ歩いていた時、ふとあたりが急に明るくなったような気がして、女の子は顔を上げました。お日様は西の山のほうへちょっと傾いたところにありましたが、その光はいつもの熱い炎を思わせる明るい輝きとは違って、まるで冷たい真っ白な氷が四方に吹きだしているように見えました。しかもその中心には澄んだ水色の球が見えるのです。あんまりまぶしいので水色に見えたのでしょうか。「おかしいな」と少女は伸び上がって手をかざし、目を細めてもう一度お日様を見なおしました。やはり真ん中には水色の玉が、そしてその周りには細く白い針状に輝く光が取り巻いているようでした。その上驚いたことに、その白い光の輪は見る間にまわりに広がっていき中の水色の球はお日様から分かれてゆっくりと女の子の方へ降りてくるではありませんか。女の子はびっくりしてその場に立ちすくんだまま、ポカンと球を見つめておりました。球はお日様に負けないくらいまぶしく光っていましたが、近づくにつれてその青い輝きは薄らぎ次第に透き通って巨大な虹色のシャボン玉のように見えてきました。最初は殆ど目があけられないほど眩しかったのですが、目を細くしてじっと見つめていると、なんと、球の中には人がいるではありませんか。球はゆっくりと、しかし真っ直ぐに、女の子の真正面に当たる、庭の端の黒いトタン屋根のあずまやの方へ降りて来ました。輝きはさらに消えていき、普通に目を開けて見ることが出来るようになったころには、球はガラス玉のように見え、ちょうど屋根の破風に下の縁を乗せている具合にきちんと止まっておりました。球の真ん中には、肉づきが柔らかで、肌が雪のように白く輝いている人が、虚空に足を組んで座っておりました。上半身は裸で様々な色の宝石をちりばめた、大きな金の胸飾りをつけ、両の腕にも宝石が下がった金の腕輪を嵌めていました。黄土色の髪はきちんと結い上げられ、やはり色とりどりの宝

石をつけた金の髪留めで頭上にまとめられていました。腰には黄色で、細かな刺繍模様がついている布を巻き、金色の帯の先が房になって前に垂らしてありました。その人の青いキラキラした目は、女の子ではなくその脇の方に向けられていました。その視線を追って横を向いた女の子が飛び上がりそうに驚いたことには、いつのまにか女の子のすぐ隣の、道ではなく花畑の中に、背の高い男の人が立っているではありませんか。日に焼けたがっちりした体格の人で黒い髪と黒い目をしていました。若々しく、精悍な顔立ちでしたが眉間には深い皺が刻まれていました。紺色の粗い布でできた筒袖の着物を着て、同じ紺色でブカブカのズボンを穿《は》いていました。その人は腕を組んでじっと球のほうを見つめていて女の子に気づいた様子は有りませんでした。球の中にいる人も男の人を見つめたまま、その輝く両手を、その人の方へ差し伸べました。するとどうでしょう、球は屋根の上にあって男の人は地面の上にいるというのに、男の人の二本の腕は両肩からもぎ取られるように離れて、球の中にいる人の白い手の中に移ってしまったのです。思いがけないことに驚いた女の子は思わず大声で「何をするの、腕を返してあげて」と叫んでいました。ところがもっと思いがけなかったことには、隣にいる男の人は両腕を奪われたことにまるで気がついていないようなのです。痛みを感じるふうもなく、血も出ていません。筒袖も腕がまだそこにあるかのようにふくらんだままです。しかも顔には微笑さえ浮かべ、突っ立ったまま、まるで何かを期待するように、その白い人を見つめているだけなのです。女の子には何が何だか分かりませんでした。しかし、球の中の人や、隣の男の人が何者であれ、腕が両方ともなかったらさぞ不自由だろうと思ったものですから、何としても腕を返してもらわなくては、と考えました。どうしてよいか分からなかったものの、隣の男性のようにじっと立っていることに耐えられず、両手を広げて球のほうへ思いきり飛び上がってみました。すると自分でも驚いたことに、まるで身体が風船にでもなったようにフワッと浮き上がったではありませんか。しかも更に両足を前後にバタバタさせると身体はそのまま球の高さまで軽く跳ね上がりました。その間に白い肌の人はちぎり取った男の人の両腕を食べてしまっていました。と言うより両腕のほうが、その人の真っ赤な唇を通って口の中にスッと入っていったように見えました。女の子は両腕が無くなってしまわないうちにと、慌てて球の方に飛びつきましたが、女の子の腕が球の中に入っても何の手応えも感じられませんでした。そこには触れられるものは何もなかったのです。球ばかりでなく、中の人も実体がないようでした。女の子は足をバタバタさせながら、中の人の手を押さえようとしましたが、その手も映写機で映し出された映像を捕まえようとする時のように素通りしてしまいました。球の中の人は透き通ってキラキラ光る虚空に足を組んで座ったまま穏やかな微笑を浮かべて、その青い目で女の子を見つめました。微笑んだときに顔がぱっと明るく輝きました。人の腕を勝手に取って食べてしまう恐ろしい人には到底見えませんでした。しかもその澄んだ眼に見つめられると何故か、まるで自分が恥ずかしいことでもしているかのように顔が上気して頬は燃えるように熱くなり息が苦しくなってきました。結局、女の子がどんなに手を振り回して大声で「返して！　返して！」と叫んでみても球はまるで水面に映った月を捉《とら》えようとする時のようにやわらかな光を揺らしてみせるだけで、どうする術もなかったのです。しかも懸命に足をバタバタさせていたというのに、女の子の身体は浮いていることが出来ず、ゆっくりと地上に落ちていきました。そして球のほうは水中を浮き上がる泡のように青空の中を上へ上へと遠ざかり、遠ざかりながら輝きを増して、しまいにはお日様の上に重なって、最後にぱっと水色に輝いてから、見えなくなってしまいました。こうして最初に飛び上がった道に降り立ってから、女の子は周りを見回しました。腕を取られた男の人のことが心配でたまらなかったからです。ところが、その男の人どころか周りには誰もいませんでした。ですから女の子は、いつのまにか泣きべそをかいていましたが、また一人ぼっちになっていました。しかも前のようにのんびりした気分ではありませんでした。言い知れない悲しみが心をいっぱいにしていたからです。花の上を穏やかに飛んでいたチョウチョもいなくなっていて、スズメが一羽、離れた梢から首を傾げてこちらを見ておりました。そのときになって初めて『怖い』という思いが女の子に襲いかかってきました。それは冷たい旋律となってスーッと背中を通り過ぎていったかと思うと目の前を真っ暗にし体を揺さぶるような勢いで押し寄せてきたので女の子はワッと大声で泣き出してしまいました。初夏の穏やかな風が何事も無かったかのように耳元を過ぎていきました。

　その後、高校生の時に、学校で、女の子が生まれる前にアジアのある国で起こった独立運動のことを教わりました。そしてその運動に身を捧げ、非業の死を遂げた人の顔写真から、女の子はあの、夢の中の出来事を思い出しました。それは忘れもしないその人の顔だったからです。しかしなぜあの時お日様からやってきた白い人は、その人の腕を取って行ってしまったのでしょうか？　女の子に何を見せようとしたのでしょうか？　いつかその国を訪ねてその人のことを、そしてもし分かるなら青い球の中にいた人の事を聞いてみたいと思ったのでした。

三つ目、小さな幻覚

笑った茶碗

その茶碗はまるで宝石か何かのように大事にされていた。外国の著名な人が作った、芸術的価値が高い茶碗ということで茶席の準備をする水屋でもほかの茶碗とは別格の扱いを受けていた。明るい夏の青空を切り取ってきたような色で全体に光沢があり、中を覗くと底の真ん中に、お日様を表しているのか、丸く黄色い顔が描いてあった。線描で目口をつけてあるだけだったが、つんとすまして天井を向いていた。

その日は晴れのお茶会の日で大勢のお弟子さん達の中で新米の貴美子は誰に声をかけられることも無く、のんきに裏口や水屋の辺りをうろうろしていた。何しろ、貴美子の師匠は家元の直弟子で、そのお点前の毅然とした美しさは多くの弟子の模範とされ、放送界などからも高い評価を受けている人であった。その師匠が執り行うお茶会だったから、その時は文化的なイベントの一部として開かれた会だったが大変盛大で、美しい着物姿で淀みなくお茶を点てられる先輩たちが何人も控えていたので、まだお茶を習い始めて一年にもならず、手伝いとしても呼ばれる心配がないと考えていた貴美子は、半ば野次馬気分で普段は目にすることが出来ない、名の知れた人の銘が入っているという茶釜や茶さじ、茶入れなどを眺め、先輩たちの作法を遠目に見学し、飽きると慣れない着物姿で歩きながら芝生の踏み石を数えるなどしていた。ところが突然、師匠は何を思われたのか、そんな貴美子を呼び止め、お客様の前でお茶を点ててみるように、とおっしゃった。師匠も貴美子がまだ人前で、通しでお手前をしたことが一度も無いことを知っていらっしゃる筈であったから、おそらくあまりにも暇そうにしている貴美子を気づかって声を掛けて下さったのだろう。しかし、そんなことを配慮するより前に、冒険心と思いあがりの気持ちが「はい」という返事をしてしまっていた。そしてその、元々お茶道具として作られたのではない特別な茶碗を扱うことになったのである。新参者の貴美子は茶碗にまで見下されている気持ちがした。大きいために指をいっぱいに広げても片手では支えるのが大変で、落とさないかとヒヤヒヤした。また表面がつやつやしているせいなのか、茶筅《ちゃせん》を持ち替えるため手を放そうと持つ手を緩めただけで、茶筅が勝手にズルズルとお茶の中へ沈んでいくため、押さえるのに苦労した。当初はぶっつけ本番であっても、師匠がそばに居てくださるので何とかなるだろうという気持ちがあって茶席に入ったのだが、凛として静かな茶席につくと見る見るあがってしまい何がなんだか分からなくなってしまった。斜め後ろに師匠が座ってやっと聞こえるくらいの小声でそっと手順を教えてくださったり、お客様の注意を逸らしてくださったりしていたが、貴美子はすっかり混乱していたので殆ど耳に入らなかった。覚束ない手つきで湯を汲んだ時には、茶碗の中の無表情な顔にじろっと睨まれたような気さえした。こうして師匠の視線と客の視線に茶碗の視線まで加わって体にチクチクと刺さってきた。この日のお手前は長板点前という点て方で、先輩たちがスラスラ手順よく点てるのを何回も見ていた貴美子は、自分でも何とか点てられそうだと思いこんでいたのである。ところが実際に通してやってみると、よくこれだけ複雑な手順を考えたものかと千利休が憎らしくなる思いであった。冷や汗が背中を冷たくして流れていくようだった。それでも何とか正客にお茶を点て終え、次客に出すために、戻ってきた茶碗をすすいで布巾で拭っている時だった。思いがけず突然奇妙な声が聞こえてきた。唐突に頭の中に響いてきたので、誰かに話し掛けられたのかとあたりを見まわしてみたが出会ったのは茶席の中に居た人達の怪訝そうな顔だけであった。貴美子が急に顔を上げたので、どうしたのかと思ったようだった。その席には小さい子供は誰もいなかったが、貴美子が聞いた声は幼子

のように高音で、元気のよい舌足らずな口調でこう言っていた。『汚しちゃってごめんね、今きれいにしてあげるからね』貴美子は下を向いて茶碗の中に視線を落とした。そして危なく飛び上がって茶碗を落としてしまうところだった。茶碗の中の顔は笑っていたのである。いたずらっ子のようなニヤッとした笑いであった。何故かとたんに頭に上りきっていた血がスウッと下がっていくのが自分でも感じられ、師匠の静かな声がすんなり耳に流れ込んできた。貴美子はもう一度碗を見つめた。たしかに茶碗と言うよりどんぶりのように大きく深かったが、その真っ青な底で黄色い線描の顔はお茶でところどころ緑色になった白い布巾の下から貴美子を面白そうに見つめていた。もう最初の冷たくよそよそしい顔ではなかった。貴美子は思わずその顔に笑顔を返し、その顔が好きになったことに気が付いた。茶碗はまるで自分から体をすり寄せてくるように掌に馴染んできて、落としそうだと思った不安は日向の雪のように消えてしまった。茶筅さえ、まるで誰かが底の方で支えてくれているかのように、茶碗に入れて手を放しても中に沈まなくなった。自分でも不思議なくらいリラックスした気分になって少々おおざっぱに、それでも一応後のお手前を終わらせると、最後の挨拶をそそくさと済ませ、貴美子は水屋に飛び込んだ。そして改めてじっくりと自分が今扱っていた茶碗を眺めてみた。師匠や先輩達からどれほど大切に扱われていようが、それはもう前のように近づきがたいものではなくなっていた。真ん中のお日様のような顔はまだ貴美子に向かって幼馴染のような笑顔を残していたからである。貴重品であることを忘れ、思わず抱きしめたくなって手を伸ばしそうになるところを、何とか自制して踵を返し茶碗に背を向けると、貴美子は外へと逃げ出した。水屋の外は芝生の庭で柔らかな日差しが足もとに薄い影を作り秋風が軽やかに熱い頰に触れて心地よかった。何とかさっきの不思議な出来事は忘れなければならない。そうでないと自分はあの茶碗をどうしても手元に置きたくなってしまう。でもそんなお金は逆立ちしたって出やしない。そう考えた貴美子は、水屋からもお茶席からも離れたところで立ち話をしている門下生たちを見つけ、そこまで行っておしゃべりに没頭することにした。お蔭で茶碗の笑顔は次第に頭から薄らいでいった。会が終わってから、後片付けの手伝いに水屋に戻った時には茶碗は既に片付けられたらしく姿が見えなかった。後で、その美しい茶碗は美術館に収められ、貴美子にはあまりに遠いものとなってしまった事を師匠からお聞きした。まさに一期一会の出会いであった。

第四の扉

カルラ？

カルラは伝説の鳥で地球を覆ってしまうほど大きいそうです。

小学校の時にいじめにあって自殺を考えたことがありました。虐められるのは、虐める方ばかりでなく、虐められる方にも原因があるという人がいますが、確かに私は身体が弱く、顔も醜くて人から蔑まれるのが当たり前の子供でありながら、人並みに普通の小学校に通い同級生と対等に口をきいていたのですから、周囲から虐められても仕方ないことだったのかも知れません。それでも子供の私にとって、それは本当に辛いことでした。そこで秋の初めのある夜、午前二時ごろでしたが、二階の窓から家を抜け出して海へと向かいました。午前三時には親が起きてくるので、その前に抜け出す必要があったのです。初めて歩いた真夜中の街は昼間とは別の世界にいるように思えました。月も無く星も見えず殆どの家は灯りを消し街燈が歩道をボンヤリ照らしているのが余計に辺りを暗く感じさせました。人通りは途絶えて野良犬の姿さえありません。時々トラックがガタガタと大きな音を響かせながら大通りを通っていきました。海岸へ直接続いている道に入ると其処には街燈もなく両側の家の屋根がかろうじて空と区別できるくらいで鼻をつままれても分からないくらいの暗さでした。幸いずっと先の海へ降りる階段のところに電柱か何か柱が立っていて、その上部に裸電球が一つ灯っていたので、それを目当てに、足元は闇の中でしたが、構わず歩いて行きました。しかし何歩も歩かないうちに前からやって来た人とすれ違いました。暗かった上に着物が黒ずくめだったものですから、すれ違って初めて人とすれ違ったことに気が付きました。その人もそうだったと見えて後ろから大きな声で話し掛けてきました。「君はこの辺に住んでいるのかね？」普通真夜中に小さな子供が歩いているのを見れば不審に思う筈ですが、その人の口調にはそんな様子はありませんでした。「そうです」と答えるとその人はしばらく黙って私の方を見ていました。遠くの裸電球から射してくる僅かな光で、折り目正しい黒の羽織袴姿で白髪頭で白い髭をたくわえたおじいさんだと分かりましたが、暗くてどんな顔立ちの人かよく分かりませんでした。おじいさんが黙って、暗がりで殆ど見えない筈の私を見ている間、私も立ち止まっておじいさんがどうするつもりかを言うまで待っていました。こんな時間に真っ黒な和服姿で海の方から来るなんて変だと思ったので、どういう人なのか知りたかったのです。やがておじいさんは「ついておいで」と言うなりサッサと歩き出しました。海岸とは反対方向なので私は一瞬、ついて行こうか行くまいか迷いましたがおじいさんの重々しい姿と声には有無を言わせぬものがありました。そこで大人しく向きを変えて少し遅れてついて行きました。お城の南西で海岸からそう遠くない所に神社があります。江戸時代、農民のために尽くした偉人が祀られている神社でしたから、比較的新しい神社でしたが、大きな木々に囲まれているためか昼間でも重々しい感じがする場所でした。おじいさんはその神社に向かって一度も振り返ることなく歩いて行きました。神社の入り口は、観光客や役所の人達が行きかう城の入り口からそう離れていないにも拘《かかわ》らず、行事がある時以外は日中でも人影がまばらなところでしたが、夜更けともなれば本当に闇の中に沈んでいるようでした。道路を示す街燈の光さえ弱々しく、闇に吸い込まれているように思えました。そして、もしかするとその夜だけが特別だったのかもしれませんが、辺りは恐ろしいほどの静寂に包まれていました。まだ夏の終わりだというのに時折冷たい背筋を凍らせるような風がヒューッと無気味な音を立てて通っていきます。鳥居をくぐった奥の門は開いていましたが、参道も途中の石段も殆ど手探り状態でおじいさんの動く気配を頼りに歩かなければなりませんでした。ところがおじいさんは暗闇の中でも一向に困る様子も無く、足元に気を配るでもなく、昼間と同じように何のためらいもなく歩いて行くのです。しかし本殿にあがる階段の所まで来ると唐突に立ち止まり私のほうを向いて空を指差し「見てごらん」と言いました。私は上を見上げて息を呑みました。真っ暗な空に何と巨大な鳥が浮かぶようにゆっくり飛んでいたのです。その大きさは空を半分覆ってしまうほどで、冠をつけたような頭はもう箱根山の方にあるというのに尾のほうはまだ東の空に扇のように大きく広がっています。身体の色はちょうど満月のような柔らかい黄色からクリーム色でほんのり光っていました。大きな羽を広げたまま見えない気流に乗っているかのように穏やかにゆったりと身体を揺らしています。鳥が音もなくゆっくり降下して来るとその淡く光っている胴体と羽が夜空にかぶさって空の色がふんわりした黄色に変わり周りの木立や神社の屋根が黒い影となってくっきりと浮かび上がりました。深い静けさの中でその光景は思わずぬかずきたくなるような荘厳さを持っていましたが、潰されるといったような恐怖感は無く、むしろ地球という卵を抱こうとする

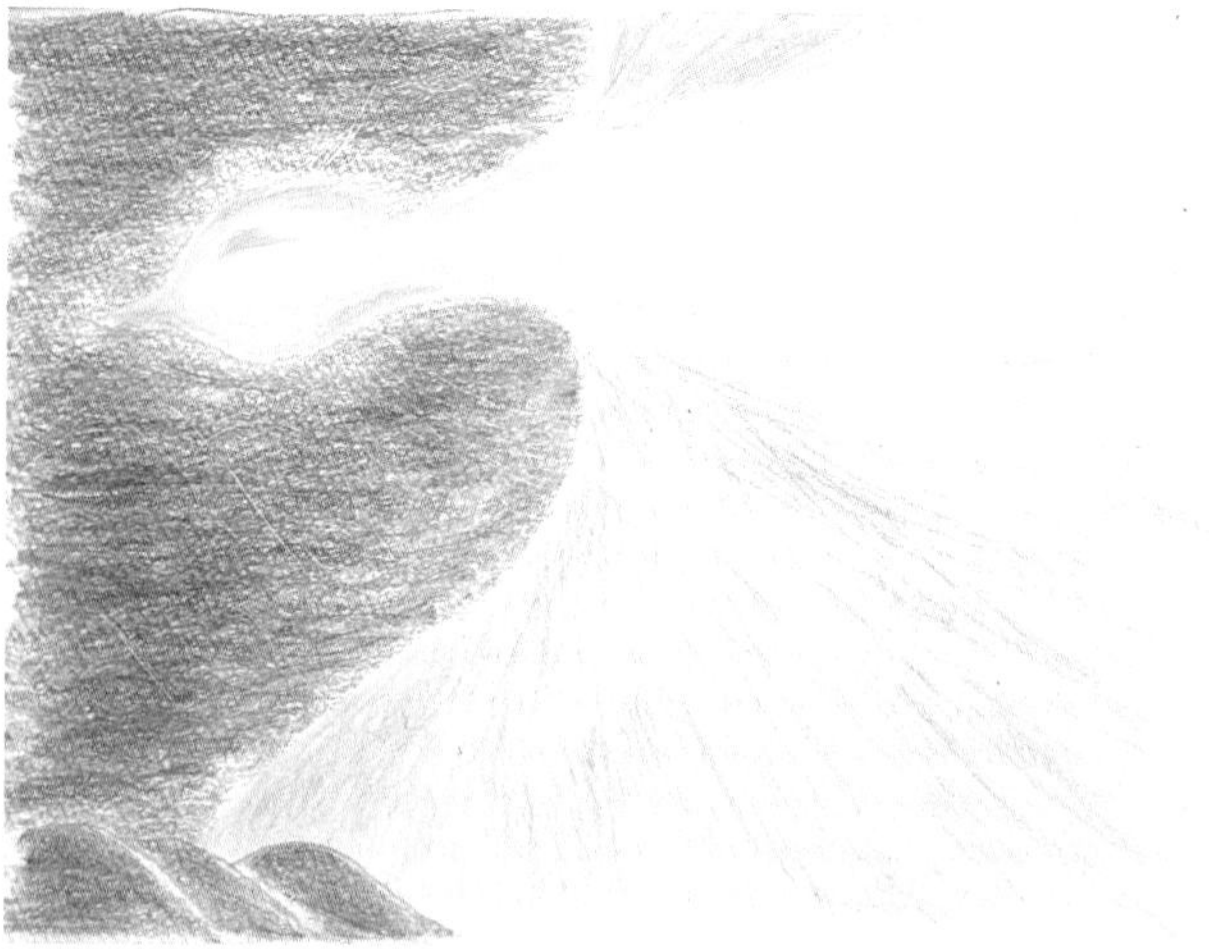

母鳥の温かい産毛に包まれているような心地良さを覚えました。そしてなぜか分からないのですが、心の奥から何とも言えない安堵感が湧いてきて肩の力が抜け胸の中がポカポカしてきました。辺りの空気まで暖かく和らいだように感じられました。鳥が再び上昇する時大きく広げた羽は黄色からオレンジ色に透き通り、漆黒の空になかば溶け込んでまるで広大な宇宙の流れの一部を見ている、いや見せてもらっているような印象を受けました。私が目を奪われているうちにおじいさんは神社に参詣を済ませたのでしょう、鳥の透き通るような尾が音もなく箱根山の向こうに消えて行った時にはもう私の側に戻ってきていました。そしてまるで何事も起こらなかったかのように「もう遅いからお帰り」というとまたサッサと出口の鳥居に向かって歩き始めました。一人で残されれば真っ暗な中で石段を降りることも覚束ないと思った私は慌てて後を追いかけました。鳥居のところまで来るといつのまにか東の空が白みかかって樹木や道路の区別がつくくらいに明るくなっていました。おじいさんはそのまま行きと同様に振り返りもせず来た時とは別の、神社から真っ直ぐ海の方に向かって行く道をどんどん歩いて行きます。後ろを歩いていた私はついさっき見た鳥のことで頭がいっぱいでしたので、お別れも言わずに自分の家の方に曲がりました。黙って別れてしまったことに気が付いて、お礼を言おうと道に戻ってみた時はおじいさんの姿はもうどこにもありませんでした。まだ日の出前でしたが辺りははっきり見えるほど明るくなり、車も時折脇を通り過ぎて行きました。しかし幸い歩いている人には誰にも会わず家の前まで帰ってきました。しかしそれから、家の人に見つからないように部屋まで戻るのは大変でした。二度と帰ってくるつもりはなかったので、帰り道を考えていなかったからです。それでもどうにか隣の家の高い壁にのぼることに成功したので、其処から屋根伝いに自分の部屋の窓に帰ることが出来ました。こうして漸く部屋に戻ってから初めて、自殺する気が全く無くなっていることに気がついたのでした。

五つ目の贈り物

夕立の中で

「おーい、ぐずぐずしないで早く来いよ」「遅いぞ」「置いてくぞ」試験休みを利用してサイクリングを楽しんでいた男の子達は、急に空が暗くなり雲行きが怪しくなってきたのを見て取ると、一人遅れて走っていたイサムに呼びかけてきたが、イサムが自転車を降りて靴紐を結び直しているのを見ると、それ以上声を掛けるのを止め、雨宿りできる所を探すべくそのまま自転車を走らせて先に行ってしまった。町のサイクリングコースは川に沿って作ってあり、イサム達はその日の午後、河口の橋から、そのコースを上流に向かって走っている途中だった。走り始めたときには初夏の爽やかな風が気持ち良く、晴れた空には雲が一つ二つのどかに浮かんでいるだけだったが、今は厚い雲が空を覆い湿った肌寒い風が吹きつけてきて、すぐにも雨が降り出しそうだった。イサムは急いで紐を結ぶと友人たちに追いつこうと自転車に飛び乗ったもののすぐまた降りてしまった。何故なら、前方の川の縁に、半分水に浸かって奇妙な形の物があるのが目に付いたのだ。大きく丸い変な色をした円板のような物で、大きなごみは捨てないように誰かしらが目を配っているはずの川の、よく見えるところにある事が不思議だった。興味を引かれて自転車をサイクリングコースに放置したまま石ころだらけの水辺に降りてみた。その円板は直径が2メートル以上ありそうな大きなもので、完全な円形ではなく一方の端はつぼんで広い方の端に向かって扇型に広がっていた。厚さも均一ではなく狭い方の端から中心付近では厚く、広い方の端に向かうにつれて薄くなっていた。表面には筋状のでこぼこがあり、狭い方の端には何本か亀裂のように深い溝が出来ている。半透明で金属のような光沢があり亀の甲羅かプラスチックで出来ているようだった。見る方向によって玉虫色にも銀色にも黒味がかった金色にも見えた。円板の半分以上は川の中に浸かっている様子から、上流からプカプカ流れてきて、少しカーブしていたそこの川べりの浅瀬に端が引っかかり、そこで石の上に乗り上げて止まってしまったように思えた。イサムは足が濡れないように水辺に転がっている石を伝って側まで行ってみたが、何に使う物か、何処から来たものなのか皆目見当がつかなかった。その間に辺りは更に暗くなり、とうとうポツリポツリと大粒の水滴が襟首に落ちてきた。イサムは急いで自転車のところへ取って返し、出来る限りの力をこめてペダルを踏みながら前方に仲間たちの姿を捜した。その間にふと頭上に黒くたなびいている真っ黒な雲の中に何か雲でなく別のものが動いているような気がして目を上げた。勢いよく当たってくる雨粒が視界をさえぎってハッキリ見えなかったが、それでも何となく鯉のようなウロコを持ったミミズのようにひょろ長い何かが渦巻く雲の中でのたくっているような気がした。いや、確かに何かが飛んでいた。残念ながらバケツをひっくり返したように勢いよく降ってくる雨に追われて、しっかり空を見ている心の余裕はなかったのだが。雨は激しさを増しビショビショの背中は冷たいより痛いほどだった。やがて薄紙を貼ったような水のカーテンを通して漸く大きな胡桃の木とその下にある自転車、それからその脇の、少し離れた、藪のようになっている低い茂みに半分もぐるようにして座り込んでいる仲間たちを見つけることが出来た。雨は酷かったが稲光はなく雷が落ちる心配はなさそうだった。しかしもし雷が鳴り出した時には大きな木の下にいることがどれほど危険なことかよく分かっていたので、イサムも自転車をその場に放り出すように置くと、すぐさま藪に飛び込んだ。藪は風を遮ってくれたが叩きつけるような雨は容赦無く頭や肩に降りそそぎ、グショグショになった下着が身体にベットリ貼りついて気持ち悪かった。出掛けた時が良い天気だったので誰も雨具の用意をしていなかったのだ。こ

んなに長くこんなに痛い、ひどい夕立はもう沢山だと思い始めた頃、雨は漸く小降りになり、視界が遮られることはなくなった。どうせ濡れ鼠なのだから、これくらいの雨なら濡れたまま帰ろうか、という話になり、藪から立ち上がった時に、仲間の一人が「おい、見ろよ」と北西の方角を指差した。それは富士山のある方向だったが、もちろん富士は見えなかった。しかしその手前の山並みの上で、いつのまにか素晴らしい天体ショーが始まっていた。北西の空を覆う墨を流したような黒雲の中から幾筋ものきらめく電光が地に向かって走っていった。電光が走るたびに渦巻く雲は一瞬明るくなり、またすぐ暗く沈んでしまう。電光は青白く光ったり黄色くまたは鮮やかなピンク色に光ったりした。時には三色の光が同時に並んで輝き各々別々に山の尾根を明るく映し出して消えていった。光が交差するように重なって閃いたりもした。雲の中で光るものは雲を輝かせ、下に走るものは山並みを黒いシルエットにして浮き上がらせた。間断なく次から次へと閃くので一体幾つぐらいの稲妻が山々に落ちたのか見当もつかないくらいだった。稲妻が走っている間中、まるでバックミュージックのように遠くで太鼓を叩くようなゴロゴロという音が断続的に聞こえてきた。その壮大なショーに目を奪われている間に、イサムたちがいる所では雨は殆ど止み、時々パラパラと大粒の雨が風に飛ばされたかのように落ちてくるだけになっていた。しかし、ショーの舞台となっている山峰を隠して厚くたなびいている黒雲の様子からすると、そこではまだ嵐が続いているに違いなかった。イサムたちは濡れた体が冷えることさえ忘れて見入っていた。それから、どれくらい続いたのだろう、唐突にその光の競演は終わりを告げ、分厚い黒雲はあっという間に煙のように四散して消え去り、再び太陽が輝き始めた。イサムと友人たちは藪から這い出して、靴を脱いで中に入ってしまった水を出し、ぐっしょり濡れたTシャツを脱いで絞り、それで身体を拭くと上半身は裸のまま、また自転車に乗って元来た道を引き返し始めた。濡れた身体のままサイクリングを続けるつもりは勿論なかったし、既に日暮れも迫っていた。ふとイサムは大雨の前にみた円板のことを思い出したので、それを見つけた、靴紐を結び直した地点に止まって辺りを見渡してみた。しかし、その奇妙な円板の姿は影も形も無かった。雨で増水した川に流されて行ったようにも思えたが、雨の降り方が酷かったにも拘《かかわ》らず、川は、濁ってはいたが、水量が増しているようには見えなかった。それでイサムは円板が何であったか、何となくだが、分かったような気がした。

六つ目の扉から

ケンカの仲裁役

加代子の通っている学校は海の見える高台にあります。高級住宅街であったのか通学路沿いにある建物はみな一戸建ての大きな家で、どの家にも木々や草花を植えた庭がありました。おかげで様々な花や木の実が季節ごとに塀や生け垣の間から顔を覗かせて単調な日々の往復に色を添えてくれましたが、普段は人通りも少なく、街並み自体が静かにまどろんでいるような雰囲気でした。加代子の家は帰宅時間に遅れることに厳しくて、クラブ活動も出来なかったため、放課後は真っ直ぐ帰路につき、遅くなって帰るということは先ずありませんでしたが、その日はなぜか遅くなってしまい、校門を出たときにはもう日は落ちて坂道には街燈がともっていました。11月の末のことで街路樹の葉は殆ど落ちており、数枚の枯れ葉をつけた枝だけが空に伸びている様子は殺風景で、うら寂しくなる夕方でした。急ぎ足で坂を下っている途中、ちょうど大きな家の前にさしかかった時、大きな叫び声が聞こえてきました。門から中を覗きこんで見るとちょうど正面に見える大きな窓に男の人と女の人が掴み合いのケンカをしているのがシルエットになって映っていました。影絵で見ているせいかそのケンカはプロレスの試合を見ているように面白く見ごたえがありました。影は、二人で互いの髪を引っ張り合い、更には互いに襟首を掴んで、おそらく取っ組みあいをしているらしく見え、その後はお互いに平手打ちの応酬をしているらしい様子も見えました。また奥さんが何か投げると旦那さんがクッションのような四角いものでそれを受け止める、といった動きも見受けられました。そしてその間中何か大きな声で怒鳴りあっているのです。こんな激しい、そして賑やかなケンカはそれまで見たことがありませんでしたから加代子は思わず見とれてしまいました。そのうち奥さんが何か投げる動作をしたと思うと門からは見えない庭の方で何かがバサッと落ちる音がしました。それに続いてパタッ、パタッ、とそれが飛び跳ねてくるような音がして白い丸っこいものが庭の奥から来るのが見えました。その跳ね方は小さなウサギが逃げ出してきたように見えました。もし何かペットの動物が逃げ出したのなら捕まえてあげようと考えた加代子は門の中に入ってみました。その白いものは加代子が見える所に来ると、ピタッと動かなくなりました。いかにも加代子に見られたので慌てて止まった、という感じでしたから、てっきりその動物が騒ぎに驚いて逃げ出し、今度は自分に驚いて止まったに違いないと思った加代子は急いで傍に寄ってみました。夕闇はかなり濃くなっていて近くまで行かなければ何だかはっきり見ることは出来なかったのです。驚いたことに何とそれはスリッパでした。それも片一方だけのスリッパだったのです。加代子が予想したペットの生き物ではありませんでした。ただのスリッパが一体どうやって跳ねたのか、数メートルも庭を進むことが出来たのかさっぱり分からず、そのあり得ない出来事に加代子は口を開けてポカンとしてしまいました。それからやっと、スリッパを拾い上げてみました。その片方だけのスリッパは奥さんの物らしいピンクのかわいい花柄のついたフェルトで出来ていて、勿論足などついていませんでした。気が付くと家の方からはまだ二重唱の罵声とドタバタいう音が聞こえていました。どうやらケンカはまだ収まっていない様子です。加代子には、そんなことは有り得ないと思いながらも何となく、その家の奥さんが旦那さんに投げつけたスリッパが、勢い余って窓から飛び出したことを幸いに、怯えて逃げ出そうとしていたように思われました。それとも誰かに助けを求めるために目立つ所に出てこようとしていたようにも思えました。加代子はスリッパを手に持って、そのまま踏み石をたどって玄関へと向かいました。余計なことをすると叱られそうでしたが、スリッパをお返しすることでケンカを止めてもらおうと思ったのです。しかし困ったことにケンカに夢中の二人の耳には玄関の呼び鈴の音は届かないようでした。そこで影の映っていた窓の下に行き、背伸びして窓ガラスの下の方を叩いてみましたが、どうやら戦闘の場は、その部屋ではなく奥の部屋に移っているようで、くぐもった声の応酬は続いているものの、中の住人達は全く気づく様子はなく加代子は途方に暮れてしまいました。スリッパが飛び出してきたと思われる庭の方に回ってみましたが、庭に面したガラス戸は全部閉めてあって、室内の様子が分かるようなところは何処にもありません。一体スリッパは何処から落ちたのかしら、と探してみると、隅の窓のガラス戸の上に明かり取りの小さな窓がついていて、その一枚が開けてあるのが、薄闇の中でも分かりました。外から見るとかなり高い所についていて、しかもあまり大きな窓ではありませんでしたが、加代子は何とかそこからスリッパを投げ込んで返せないか、と考えました。玄関の前にスリッパを置いてくることはまったく考え付かなかったのです。庭に脚立か梯子が置き忘れられていないか、と辺りを見回しましたが、水撒き

用のホースと落ち葉を集めるのに使っていたらしい熊手が庭の隅に置いてあるだけでした。そこでスリッパを投げあげて窓に入れようと試してみましたが、運動が苦手な加代子にとってそれは大仕事になりました。いくら窓目がけて放ってみてもスリッパはガラス窓にぶつかって跳ね返ってしまいます。何回目かには下手投げで何とか明かり取りの窓まで届かせることが出来ましたが、それも窓の縁に引っかかって、ぐらついて、そしてまた外側に落ちてしまいました。加代子は自分の投げ方があまりに下手なことに自己嫌悪を感じはじめましたが、それを認めたくない気持ちでしたので、スリッパの方がケンカの最中にどうしても家に帰りたくないと思っている、と考えることにしました。そのためにバカらしいと思いながらも半分自分への言い訳に、右手で握りしめているスリッパに向かって「戻って、奥さんを慰めてあげてね」と言い聞かせてから、もう一度思いきりそれを投げ上げました。今度は上手くいきました。言い聞かせた効果があったのでしょうか、スリッパは思い切り勢いよく明かり取りの窓を抜けて中に飛び込んでいきました。その途端でした。二人の怒鳴り声はウソのようにピタッとやんだのです。これには加代子もびっくりしました。おそらくスリッパは二人がびっくりするような物の上に落ちたに違いありません。それから誰かが窓の方に近寄ってくるような気配を感じた加代子は、その窓のカーテンが開いて中の人に見咎められないうちにと、大急ぎで門を飛び出すと一気に暗い坂を駆け下りました。そればかりでなく、投げ込んだ拍子にスリッパが何かを壊していたら、もっと大変な騒ぎになってしまうでしょうから。自宅に帰り着いた時は思った以上に遅い時間になっており、加代子は帰宅が遅れたためのお小言を頂戴することになりました。しかしそれでも翌日、静けさの戻ったその大きな家の門前を通りながら、白くて丸っこい片方だけのかわいいスリッパの為に、ご夫婦が仲直りしていることを祈らずにはいられませんでした。

七つ目の夢

蝶の来た夜

それは小学生の時、ある夏の夜の事でした。ユリ子はたった一人で子供部屋のベッドの中にいました。家は賑やかな街中の商店街の一角にありましたがユリ子の部屋は奥まった二階部分にあるせいか、外からの音ばかりでなく、家の中でまだ起きている筈の家族が立てる音もかすかにしか聞こえませんでした。ですから部屋の中はとても静かでした。それでもまだ早い時間でしたから、枕に耳をつけていると、表の通りを行き来する車の立てるブルンブルン、ガタンガタンといった響きが伝わってきました。ベッドの脇にある大きな引き違いの窓は普段は網の張ってある鎧戸を閉めて虫が入らないようにしてありましたが、その日は暑かったのと部屋の中が暗かったので開け放してありました。月が出ているらしくベランダの方から淡い光が差し込んで中をほんのり明るくしていました。その淡い光でカーテンの影が白いシーツをレース模様の豪華な布に変え、赤い絨毯は土色に、灰色の壁は象牙色に色を変えていました。更に、天井には複雑なモザイク状の影が浮かびあがり、まるで一面に彫刻が施してあるようでした。ほのかに瑠璃色に光る人形ケースを通して、中に飾ってある土の人形達が濃い陰影のついた厳かな顔付きでユリ子を見下ろしておりました。大理石で出来ているように見える木の机の上に雑多においてあるやりかけの夏休みの宿題帳さえ、くすんで年代を経ている重々しい装丁を施した書物に姿を変えていました。ただの木の椅子までもカーテンの唐草模様の影をつけて、東洋風に様変わりしていました。その上、何処からか、多分お隣のベランダの方から、バラの花のような甘い香りが窓越しに漂ってきましたので、部屋は、いつもの見慣れている部屋では無く、もっと素晴らしい、まるで魔法の宮殿の一室のように感じられました。ユリ子は夏掛け布団をお腹まで掛けて、魔法の国のお姫様になった気分でしばらくうっとりといつもと違う部屋の中を眺めていましたが、いつのまにか窓から吹き込む涼しい風を顔に受けながら、心地よい気分でうとうとしていました。そのうちにふと、頭の上を何かが通っていったような気配を感じて眼を開けました。するとちょうど、目の前を一羽の蝶がスウーッと横切って行くのが眼に入りました（蝶は普通、一頭二頭と数えますがその蝶はまるで小さな鳥のように大きかったので『一羽』にしました）。その蝶は、一方の羽だけでもユリ子の手の平を精一杯広げたより大きくて目を見張るようでしたが、それ以上に驚いたことには、その羽はたとえる言葉も無いくらい美しかったのです。ふんわりとした水色で淡い光を受けて青緑色になったり

殆ど白く見えたりもしました。蝶は部屋の様子が気に入ったのか、ユリ子の頭の上から、廊下に通じるドアの上あたりまでゆっくり大きな弧を描くように飛んではまたユリ子の方に戻る動作を繰り返しました。緩やかに羽ばたいて優雅に中空を飛ぶ姿はさながら舞を舞っているかのようでした。ところがユリ子の方は恐ろしさに引きつっていました。蝶の色や動きがほの暗い部屋の雰囲気にぴったり合っていましたので、自分がまどろんでいる間に別の世界に入ってしまったかのように、または別の世界に連れて行かれたように感じたのです。部屋の中が、床から天井まで魔法にかかったような夜です。この蝶が姿を変えた魔女でないと誰が言えるでしょうか？　ですから、ユリ子は暑い夏の夜だというのに震えながら夏掛け布団をしっかりと胸に引き寄せて抱きかかえ、蝶が傍にきたら布団を頭から被って隠れようと身構えました。しかし、それでもその蝶の言いようのない美しさには目を離すことが出来ませんでした。幸い蝶はユリ子に気づいた様子もなくゆったりと部屋の中を気ままに舞い踊っておりました。ユリ子は早く何処かへ行って欲しい気持ちと、まだ見ていたい気持ちに挟まれて寝るに寝られず、ずっと蝶を見張っていましたが、やがて疲れて眠くなってきました。蝶の方も疲れたのか、または考えを変えたのか、部屋の中を大きく回るのを止め、ユリ子が横になっているベッドの、頭の方の壁に掛けてあった聖母マリアの白いレリーフに向かい、マリア様の高い鼻をかすめるように何度かその周りを舞い始めました。その様子は何故か、子犬が母犬に戯れているところを連想させました。やがて蝶は、レリーフの斜め右上の壁に大きな羽を広げたまま静かに止まりました。その位置はユリ子のほぼ真上だったので、眠くなって少し緊張を緩めていたユリ子はまた怖くなって固まってしまいました。いよいよ蝶が魔女に姿を変えて枕元に立ち、「さあ、おいで」とか何か言いそうな気がしました。しかし蝶はそのままじっと動きませんでした。壁は平らで小さなデコボコもなかったので、どうやって一ヵ所に止まっていられるのか不思議な気がしました。見ているうちに、蝶の羽に奇妙な線模様が付いていることがわかりました。そしてさらにユリ子が目をこらして見ていると、その模様が徐々に糸のようにほどけて薄闇の中に溶け出していくような気がしました。それと共に蝶の周りから徐々に濃い闇が押し寄せてきて蝶を糸まきのようにほぐして暗がりに溶け込ませているようでした。そのうちいつの間にかユリ子は眠りに落ちていました。目が覚めてみるともう朝になっていて明るい太陽の光が部屋いっぱいに満ちて、昨夜のことはすべて夢だったように思えました。蝶の姿は何処にも無く、窓は開けたままになっていて、マリア様がいつもと変わらずユリ子をやさしく見下ろしていました。ですがそれは夢ではなかったのです。マリア様の右上の壁にくっきりと、ナメクジが這ったような白い跡が、蝶の胴体と同じくらいの長さに残っていました。もし蝶が本物の蝶だったら、昨夜長く飛びすぎて部屋の何処かに落ちているかもしれない、と思ったユリ子は、部屋中をくまなく見て回りました。勿論ベッドの下も調べましたが蝶は何処にも居ませんでした。

後になってから図書館の図鑑で調べて、ユリ子はその蝶が現実にいることと、実は蝶ではなくて、オオミズアオと呼ばれる蛾であったことを知りました。ユリ子が想像したような、魔法の国からやって来た生き物ではなかったのです。勿論糸となって姿を消すようなこともなかった筈でした。おそらく、ユリ子が眠ってしまった後で窓から夜の街に飛び去ったのでしょう。それでも、その魔法にかかったような夜に、柔らかな月の光の中、レリーフのマリア様の、やさしいお顔に戯れる水色の美しい訪問者を見られたことは、ユリ子には忘れられない光景となりました。

八番目の扉

ケイ・マーナの木

私の勤めている大学の研究室に、ビーが助手として入ってきたのは二年ほど前のことだった。ビーは謎めいた青年で、履歴書では、出身地も学歴も、職歴の欄さえ空欄のままで、本人も自分の過去の経歴については口を濁して、殆ど何も語ろうとしない、つまり霧の中からいきなり私達の前に現れた青年、といった感じだった。たぶん、今は引退している有名な植物学者が後見人になっていることと、植物に非常に詳しいことから、身元不詳でも大学に雇ってもらえたらしい。この研究室は、珍しい植物や希少な植物を保護し繁殖させるための研究では、その方面の研究者達から高い評価を受けていたので、彼のように、珍しい植物について、その名前と性状を知っている者が研究に加わってくれることは、大変有難いことだった。この国の文明は、人々の生活がより豊かになるよう、利便性を追求した施設を建築することで、また人の労働量や時間を減らす機械を発明することで栄えてきたものだから、労苦が多くても自然と共生して、日々の糧を得るだけの生活で満足している人たちは、文明社会から遅れている、とみなされていた。そのため、私達の研究は、一部の人達からは高く評価されているものの、一般的には、社会にとって無用の学問、と思われているような雰囲気があった。緑豊かな国でいながら、植物学者を志す若者が大変少なかったのもそのせいだと思う。そんな訳で、ビーが過去に何処にいて何をしていたか分からなくても、研究室の中では、それを問題にする者は誰もいなかった。むしろビーの、年に似合わない博識とあけっぴろげな明るい性格に、皆親しみを覚えていた。

つい数週間前、春の初めだったと思うが、ビーは突然私達を、これまで私達が殆ど行ったことがない、国の北に広がる原始林の森に案内したいと言い出した。そこに自生している植物を私達に見せたい、というのである。

それは、私達には驚くべき、恐怖さえ感じる申し出であった。何故なら国の北側に広がる森は、昔は海だった所が沼地になった、とも、火山の火口が地殻変動で沈み、そこに水が溜まって沼地になったともいわれるところで、木や草は、一見固い土の上に生えているように見えて、実はズブズブの泥の中に生えているのである。木にしがみついていなければ、底なし沼にのみ込まれてしまう恐れがあるのでとても歩けたものではない。しかも生えている木の多くは材質が脆くて、人間の体重で簡単に割れたり折れたりする。カヌーや小舟で進もうとしても、ベタベタの泥が船底やオールにくっつき、重くて思うように進めない。また、絡みついた小枝や蔦が泥の上にかぶさっているので、それを切り払いながら進むことは容易ではない。また、沼地のせいか虫が多いことも移動の妨げになるという。さらに、その森では無線、ラジオが使えない。森のそこら中に独自の磁場があるようで、電波が妨害されるのである。磁石も役に立たないし、上空を飛ぶ飛行機の計器も狂うため、わざわざ森を迂回して飛ばないと墜落する恐れがある。そのような事情のため、その地域で私達人間が行くことができるのは森の縁の、固い地面があるところまでに限られていたのである。だから、彼がその森に私達を案内したい、と言った時、彼が何故その森の植物を知っているのか、泥沼の密林に入ったことがあるのなら、どのようにして入り、無事に出てこられたのか、私には想像もつかなかった。

しかしビーは私達の疑問を笑いで吹き飛ばし、自信に満ちた態度で、ホリデーで研究室が休みの日を入れて、サッサと日程を立て、必要な装備を私達に教えて、重ねて誘ってきた。そこで、探求心が強く、体力に自信がある同僚4人が同行を承知した。私は、好奇心に駆られてビーの計画を聞いているうちに、いつのまにか参加することになっていた。こうして五月の気持ち良い風が吹く中を、私達は半信半疑のまま、彼に先導されて不思議な冒険旅行に出発したのだった。

その未知の森に着くと、彼は早速、不思議な能力を発揮した。森の縁を回って、体重をかけても割れない頑丈な種類の木の見分け方を私達に教え、私達は彼の指示に従って、底にピカピカ光る何か特殊な塗料を塗った、幅が広くて短く、ある程度弾力のあるスキー板を、足の腿までを覆う長靴の足先にはめ、泥が付着しにくい艶のある作業着の上から防虫ネットを被《かぶ》り、腰に命綱を巻き付けた。最後にビーは蛍光塗料がついた太い釘を何本か、私達に渡した。釘を打ち込むための金槌は各自用意していたが、殆どの釘は、先頭に立つ彼自身が持っていた。装備が整うと、ビーは恐れる様子もなく、まっすぐ森の中に踏み込んで行った。彼の足もとから小さな虫の大群が、まるで埃が舞い上がるように飛び出してきたが彼は全く気にかけていないようだった。そして、見ているとビーは木の根が泥から顔を出しているところを踏むようにしながら、一方の手で、掴んでも安全だと見極めた木の枝や幹につかまり、もう一方の手に持った鎌で行く手を遮ってくる蔦や小枝を薙《な》ぎ払いながら歩いているようだった。鬱蒼とした木々のため、辺りは薄暗く、不気味なくらい静かだった。数歩ずつ進む度に、ビーは、自分が支えにした木に、釘を、命綱をかけるくらいの余裕を残して打ち込んで行った。彼の説明によれば、支えになるようなしっかりした木は、湿地帯で生きていくため樹皮が厚くなっているので、釘を打ち込んでも大丈夫、とのことだった。私達は命綱で互いに繋がっているとはいえ、森の深さと立ちふさがる障害物に圧倒され、内心びくびくしながら彼に従って行った。何回も、鎌では切り払えないような厚い織物状になっている茂みに行く手を阻まれて立ち往生し、遠回りしたり、何とか体が通れるようなトンネルを開けてくぐり抜けたりもした。更には、脆《もろ》い木に体重をかけてしまい、折れた木もろとも泥の中に落ちてしまうことも度々だった、しかし、つるつるの作業着と特殊な塗料を塗った板には起き上がれないほど泥がこびりつくことはなく、命綱で引っ張ってもらって抜け出すことが出来た。私達には、何処をどう歩いているか皆目分からなかったが、ビーには方角が分かっているようで、何の迷いもなく迷路のような森の中を進んで行った。そうして二時間くらい歩いただろうか、沼地の森を進んで行くうちに、私達は、いつのまにか茂みが少なくなって、行く手の木々が先まで見通せるようになり、その木々の中に、すでに光る釘が打ち込まれているものがあることに気が付いた。それは明らかに、私達より前に誰かがそこを通ったことを示しているようだった。するとビーは持っていた鎌を腰に仕舞い、光る釘を辿って進み始めた。そこからは足元に細長い板を繋げたような道らしきものが浮かべてあり、その上を歩くことで足がズブズブ沈む心配はなくなった。やがて板の道はなくなり、地面は、スポンジを踏んで歩いているような感触に変わった。そこで長靴からスキー板を外して、付けてある紐で引きずって歩くことになった。命綱はまだ付けたままだった。更に進むと、地面は固い砂地になり、木立はまばらになって、木漏れ日が膝くらいまでの高さに生えている下草の上に射しこんできた。そこでは、行く手の木々に太くて鮮やかな赤色の紐が結んであり、沼地の釘の代わりに道標の役目を果たしているようだった。三十分ほど、紐を辿って進むと、今度は急斜面になっている山の麓に着いた。そこでしばらく休憩してから、彼は慣れた道を歩くように、私達を先導して、道なき道を登り始めた。山といってもそれほど高いわけではなく斜面には木も生えていたが、それでも滑落しないように歩くことは、沼地を歩くことと大して変わらない大変な作業だった。考えてみると、飛行機で離れたところから森を撮影した写真にはたしか山など写っていなかった。しかし、その時はそのことを深く考えている余裕はなかった。

山の頂上に近い斜面で、ビーは、神経疲れも手伝ってふらふらしながらやっと歩いている私達を振り返り「さあ、この坂を越えれば、僕の生まれた村が見えます。もう少しですから頑張って下さい。皆さんが今まで見たこともない植物が見られますよ」と言ってニッコリ笑った。私達は、いや少なくとも私は思わず飛び上がりそうになった。こんな怖ろしい沼地の森に村がある？　そんな話は今まで聞いたこともない。山があることすら知られていない。一体どんな村なのだろう。ビーは、そして村人は本当に人間なのだろうか？

しかし、たぶん疲れ切っていたため、誰もビーにそれを尋ねることなく、私達は黙って後について最後の急斜面を登った。下り坂になって、視界の開けたところで、麓の方を見下ろした時に、私はびっくりして、疲れも吹っ飛び、目が真ん丸になってしまった。麓には、何本も巨大な木が生えているのが見えた。しかもその木の形は、通常私達が目にする木とはあまりにも違っていた。それは高さ10メートル近くもあり、形は何と、チューリップそっくりだったのだ。チューリップの両側に突き出た葉に当たる、根元から各々反対方向に斜めに生えている、二枚か三枚の巨大な葉は、サボテンのように肉厚で、表面は濃い緑色で光沢があり、細長くて、中ほどは幅が広く、先端までもが、チューリップの葉そっくりに尖っているのが見えた。そしてチューリップの花の茎に当たる部分、両側の葉の根元から伸びている木は、茶色い棒のように真っ直ぐで、下から上まで同じ太さであり、トゲどころか節すらないようだった。一番変わっているのは、その棒の先端、チューリップでいえば、花の部分である。そこには、つまり茶色の太い棒の先には、大きな

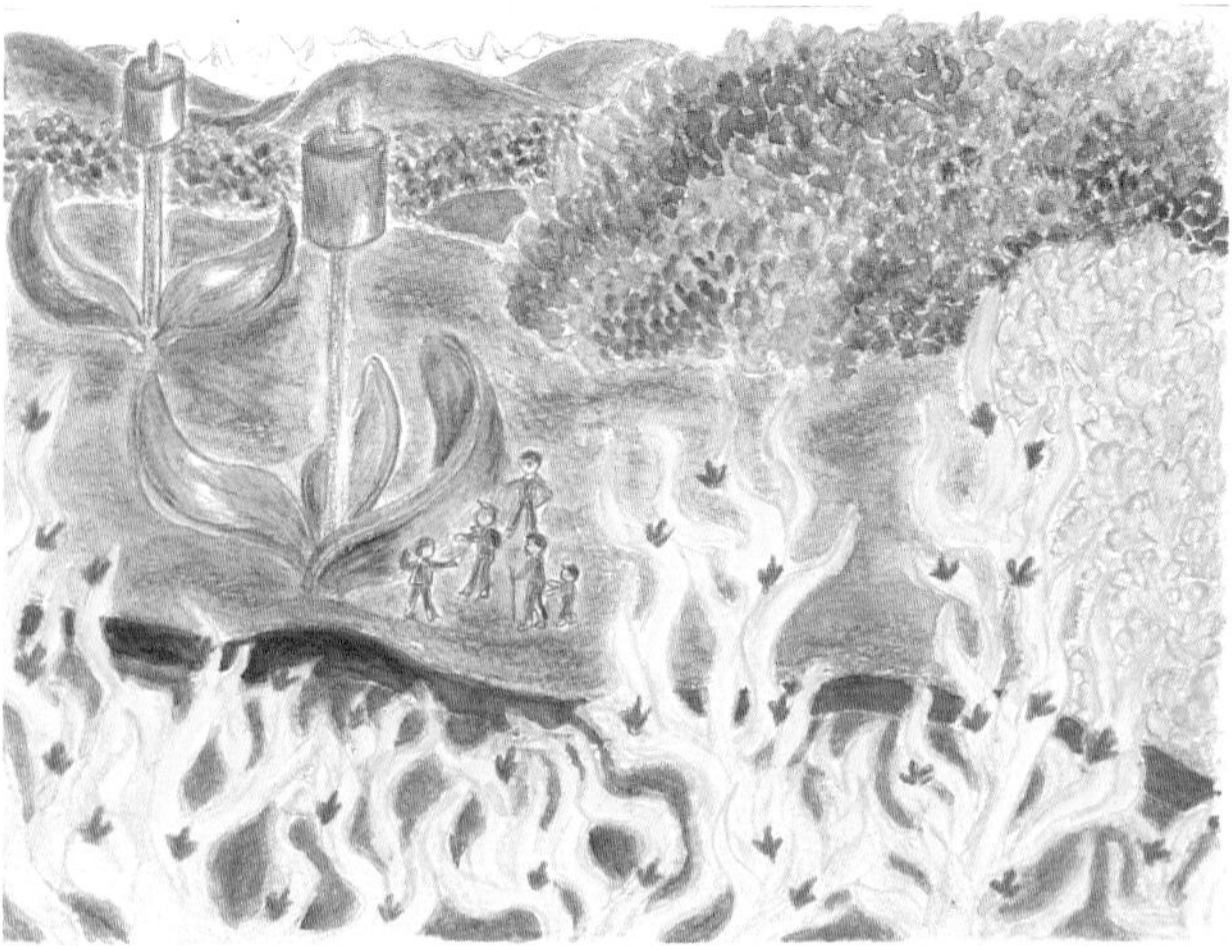

太鼓状の物が、そう、まるで太鼓を縦にして棒に突き刺したような形の物が付いている。「あれは、あれは、一体何という木なの？」私は思わず大声をあげてしまった。ビーは面白そうに私を見て、「あれはケイ・マーナの木というのです。僕らの村では、あの先端に付いていている実から車を作っています」と答えた。

私の言葉を皮切りに、同行した他の同僚達は、一斉にビーに質問し始めた。そしてビーは山を下りながら、ゆっくりと一つ一つの質問に答えていった。下りの道は楽だった。斜面には階段状に畑が作られ、その間を縫うように蛇行した、土を踏み固めたような道が通っていた。麓の平らな所には大きな広場があり、広場を囲むようにして、木の皮で作ったように見える、三角形のテントのような家が、幾つも建っていた。そこまで降りる間に、私達はビーを質問攻めにした。そしてビーがこの村で生まれ育ったこと。山は村の南西側にあり、四方は沼地に囲まれているが、その山と山の周囲だけが乾いた土地で人が住めること。しかし、村人たちは、沼の外に大勢の人が住んでいることも、外界の人達が沼地の中に村があることを知らない、ということも知っているが、自分達の昔ながらの生活を守りたいため、沼地の外の人には存在を隠していること。更に外界から密林に入ろうとする冒険者達が沼地の奥まで入れないように、足を引っ張って脅かすような仕組みも作ってあるのだということ（ただ外界の文明機器、例えばレーダーや飛行機などでも村が発見されない理由はビーにも分からないということだった）。そして、今回外界の人間である私達を初めて村へ連れてきた理由として、十年ほど前から村で大変神聖な場所とされていた沼地の一部が干上がり、そこだけにしか生息していない木や草が枯れ始めたこと。そこで外界の人の手を借りても聖地の植物を守りたいと考えた長老がビーを、自分が若い時に外界で知り合った植物学者の所に使いに出したこと、などを聞くことが出来た。

同僚の中には湿地帯に生える植物に詳しい者が三人もいたので、彼らは、先ず村に行って長老と村人に挨拶を済ませた後、出来るだけ早く、干上がってしまった聖地の植物を見に行くことになった。

村に入る入り口には、もう白髪頭で白い髭をたくわえた老人と、その老人を囲むようにして子供たちが大勢集まっていた。大人は、女性が数人交《ま》じっているだけだった。ビーの話では、多くの村人は昼間沼地に入って、食べられる虫や鳥を捕まえたり、栄養や薬になる草木を集めたりしているのだそうだ。慣れているとはいえ深い原生林の生える沼地での仕事はかなり大変なようで必ず数人で組を作って行動しているそうだ。ビーも外界に出るまでの間、兄弟姉妹に同行してもらったそうである。ビーは長老の孫の一人で、幼い時から長老に、外界の言葉や、習慣を習っていたので今回の大事な使いに選ばれたのだそうだ。私達はすぐに好奇心いっぱいの子供たちに取り囲まれてしまった。村人の服装は、艶のある生地で出来ている、ゆったりした筒袖の上着とだぶだぶのズボンで、腰と手首、足首をカラフルな色の紐で縛っている。誰も皆、やはり色鮮やかな厚手の帽子を被っている。彼らの話す言葉は私には全くなじみがないものだったが、同僚によれば、たぶん元は同じ言語だったのが私達の言葉の方が変化して違ってしまったのではないか、ということだった。確かによく聞いてみると、イントネーションは違うが方言を聞いているようで、話も何となくだが意味が分かるようになってきた。村人を代表した長老の感謝とねぎらいの言葉を受けて挨拶した後、私達は二手に分かれた。三人の同僚は長老とビーに案内されて聖地に向かった。しかし、疲れ切っていた私ともう一人の同僚は村に残り、日陰で少し休んでからビーの姉だという人に案内されて、ケイ・マーナの木の実を加工する作業所に行くことにした。ビーは木の実を車にするのだと言っていたが、その言葉だけでは、私にはよく意味が分からなかった。

作業所は広場から少し坂道を下った途中にあった。入ってみると、中にはどう見ても茶色い皮で出来た、大きな太鼓としか思えない筒が幾つも転がしてある。大きさは直径が50㎝くらいから、70～80㎝もあると思われるものもあり、長さは、短いもので1ｍくらい、長くなると2ｍ近くあるようなものもある。どの実も、円柱の真ん中から黒茶色の、直径が20～30㎝もあるような太い棒が突き出している。これが、山の上からみた、チューリップの茎に当たる、真っ直ぐな棒の部分らしい。加工は、その太鼓の腹に当たる両側の円盤と芯に通っている棒を残して、太鼓の胴に当たる部分を切り離すところから始まる。切り離した皮は、後で加工しやすいように、灰を入れた水桶に漬けておく。それから、二つの円盤を繋いでいる芯棒から、芯棒を囲むように突き出している種を取り除く。実が巨大なだけに、種もマンゴーくらいの大きさである。種と、芯と種を繋いでいた突起物をきれいに取り除いてから、芯に磨きをかける。それから、鉤状になった軸受を取り付け、さらに荷台の枠に軸受をはめ込み、藤蔓のような紐で固定する。実の根元に当たる、一方の円盤の外側に突き出ていた棒は円盤ぎりぎりのところで切り取る。荷台の枠には、最初に切り離して水につけておいた皮を叩いて形を整えて貼り付け、コチコチになるまで日陰干しで乾かして、出来上がるのだそうだ。荷台を車椅子のように人が座る形に作った車もあったが、それも、最初に切り離した、太鼓でいえば胴に当たる部分の、実の皮を貼って作ってあるのだそうだ。その椅子になっている車は、足の悪いお年寄りや病人を乗せるためのもので、車を引いたり押したりするのは、大勢いる元気な子供たちの仕事なのだそうだ。

ケイ・マーナの種は蒔いてから数年経たないと芽を出さないので、芯から外した種は、沼地との境の、土がスポンジのようにふわふわしている場所に蒔いておき、芽が土から出てきたのを見たら直ぐに固い地面に深めの穴を掘って植え替えるのだという。早くしかも丁寧に植え替えないと、地面の下に真っ直ぐ伸びていく直根が出来ず、車にするほど大きな実が採れるようになる前に倒れてしまう、とのことだった。村には固い地面のところが少ないために最初から蒔いて発芽しなかった場合は、蒔いたスペースが無駄になるからだ、とも話してもらった。何しろ樹形はチューリップそっくり、実は太鼓そっくりの木である。花はどんな形なのか想像もできない。聞いてみると、花は大きな丸い濃い赤色の花びらが円柱を抱くようにして咲き、円柱の中の、芯の周りに出ていた突起は、花が開いているうちは、外まで突き出して受粉するのだそうだ。受粉が済むと短く縮んで円柱の中に納まり、種はその中で成熟するらしい。発芽も遅いが、花も何年かに一度しか咲かず、実が熟するのにも何年か掛かるとのことだった。そういえば、荷台に貼った皮の部分には所々、水玉模様に穴の跡があった。それが、突起が突き出していた名残《なごり》らしい。一方の円盤の根元にはがくと花びらが付いていた跡が残っている、とのことだったが、ちょっと見た限りでは分からなかった。加工場で実際の作業を目にしても、私にはまだ、上下が殆ど同じ大きさの実をつける植物があることが信じられなかった。しかし、実際のケイ・マーナの木が植わっている場所は、加工場の傍には一つもなく、今夜の私達の宿である長老の家へ向かう途中の道端に幾つかあるという。私達の通訳をしてくれたビーの姉が、道すがら案内してくれることになった。加工場で、ケイ・マーナの木の種は軽くはなかったが、欲張って三つも分けてもらい、リュックに入れて背負って歩く私の胸は期待と不安でドキドキしていた。巨大なチューリップのような木が生えてきたら、大学や町の人達はどんな顔をするだろう？　いや、その前にこの種は、この村以外でも芽吹くだろうか？　実物の木を目にしたら、もう少し情報が得られるかもしれない。私は、ビーの姉と好奇心でついてきた子供たちに先導されて、まるでスポンジで出来ているようなフワフワする道を、同僚とケイ・マーナの木の植えてある所に向かったのだった。

九つ目の扉

戦い

太陽はギラギラと頭上で照り輝いていた。暑い光が矢のように彼の頭や首筋に降り注ぎ焼けつくようだった。しかし行進している彼の背中に流れている汗は暑さのためではなかった。目に映るのは舞いあがる埃で白っぽく見える道でもなくどこまでも続く荒野でもなく、さっきまで自分がその手でしてきたことのおぞましい幻影だった。今、彼は恐怖のため暗く遠のこうとする意識を、唇を噛み締めガクガクする足を一歩一歩踏み出すことで、かろうじて抑えていた。その日彼の所属する部隊は、ある小さな村を攻めることを命じられた。そこには敵のゲリラ部隊が集めた多量の武器と弾薬を守って立てこもっている、ということであった。その村は、気候が厳しいため殆ど人が住まない荒地の端にあった。確かに、植物が殆ど育たないような土地を耕作することによりその日暮らしの生活をしている村なら、十分な食料や滞在費を提供されればゲリラを支援することもあり得るだろう。しかし、実際に彼らが攻め込んだ村にはそんな敵兵は一人も居なかった。居る様子さえなかった。何故なら彼らが襲撃した村は見るからに貧しく、ゲリラを匿えるような場所さえないような所だったから。しかし、指揮官は、村人全員がゲリラで、武器を隠しているに違いないと決め付け、攻撃を決めた。こうして彼らは指揮官の命ずるままに家々を略奪し放火し逃げ惑う無抵抗の村人たちを殺戮したのだった。

「母さん、僕はやっぱり人殺しになっちゃったよ。どうしたら良かったんだろう？どうすることも出来なかったんだ。母さん、僕を許してくれ」彼は心の中でそっと母に呼びかけていた。昔の武士や軍人に憧れを抱いていた彼にとって軍隊に入ることは名誉ある素晴らしいことであった。しかし兵役につく前の夜、母は彼を呼んで「いいかい、おまえは農家の子だ。国の為に尽くすのは作物を沢山作って飢える人の出ないようにすることだ。作ることであって壊すことではないんだよ。だから兵隊になっても人を殺してはいけないよ。母さんはおまえを人殺しにする為にこの歳まで育てたのではないのだからね」と諭した。彼にとって母の言い付けを守ることは易しいように思えた。悪い奴等をやっつけることは英雄的な行為のはずだ。まして相手が人殺しなら国の為に制裁を加えるのはむしろ当然ではないか。国を守るため、人の道を大切にして潔く凛々しく生きている軍人が、いくら敵国の人間でも何の罪も無い人を、まして動けない重病人や幼い子供まで苦しめるわけがないではないか。ところが現実は何という違いだったろう？そこには正義も仁義も無かった。軍役につい

て最初に命じられたのは、奴隷にも匹敵する、上官への絶対服従であった。口答えをした者は柱に縛りつけられ、重い鋲が付いた革のベルトで鞭打たれた。「気合いを入れてやる」と言われて理由もなく顔を殴られ、鼓膜が破れてしまった者もあった。人間性を否定され、理想として掲げていた「愛国心」は、少なくとも訓練の場では、自分の命令が国の命令だと言っている上官の機嫌を損なわないことだ、と思い知ることになった。士気を高めるためだとして毎日のように廊下に立たされ加えられる厳しい叱咤と体罰が少しでも軽くなるよう、感情を持たない機械のようにひたすら命令に盲目的に従うことが、自分がこの兵営で生きていくための唯一の方法に思われた。逃げ出すことは出来なかった。逃げて捕まれば、愛すべき国を裏切った者として反逆罪で投獄され拷問される。国に残っている家族まで非難を受けて苦しむことがないよう、汚名を被るわけにはいかない。結局、じっと耐えるしかなかった。そして、そのために今日、彼は彼にとって最も恐ろしい殺戮をやることになったのだ。全てが終わるまで彼には自分が正気だったようには思えなかった。阿鼻叫喚の世界が奇妙な沈黙に変わり身体中をベットリと濡らした返り血と泥が乾いてゴワゴワになる頃に、初めて心の中で何か悔恨のようなものが蠢き始めた。「助けてくれ」と泣き叫びながら靴にすがり付いてくる老人を蹴飛ばして生き埋めにし、空気を求めてもがいているのだろう、動いている土の上から水をかけていたのは本当に自分だったのか？　銃剣の前で幼い子を背中に庇い、きりっと唇をかみしめて手負いの豹のような目で彼をじっと見つめた女をそのまま刺し殺したのは？　そしてその子供を銃剣で突き殺したのは？　彼らは何の抵抗もしなかった。ただ「命だけは助けてくれ」と懇願していたに過ぎなかった。なのに自分は何ということをしたのだろう？　結局、彼らは農民に過ぎなかった。武器もなかった。崩れかけた土の塀。数本の裸の木。泥をかぶせて屋根にしただけの粗末な家。強い日に照らされて黄色くなっている、まばらに生えた作物。農耕馬さえ見当たらない。村を囲む塀の外は見渡す限り一面の乾いた剝き出しの大地。そんな砂漠を思わせる荒涼とした土地にしがみついて漸く生きてきたような人々を、何故自分は殺さなければならなかったのか？　突然、彼の心に疑念が浮かんできた。指揮官は村を間違えたのではないだろうか？　上層部の命令は、本当にこの村に対してだったのか？　ゲリラが武装して待ち受ける村は、実際は別にあったのではないか？　その疑念によって、彼は更に自分が果てしない血の池地獄に引きずり込まれていくような錯覚に襲われた。戦争とは何と不条理なものなのか？　国同士はそれなりの大義名分を持って戦争を始めたのかもしれない。しかし、その手足となって戦場の狂気の渦に巻き込まれた人間は獣に戻ってしまい、生き延びようとする本能から、同じ人間に対しても酷いことが出来てしまう。その時には彼が憧れを持っていた武士道などが入る余地はなくなってしまう。意識は更に薄れていくようで、頭は冷たく空っぽになり、目の前の闇が濃くなっていく感覚に耐えることは更に辛くなってきた。仲間の軍靴が立てる規則正しいザッザッという音がなければ、そのまま気絶して其処に倒れこんでいただろう。疲れ切った身体が負っている銃剣の重さや、ジリジリと照りつけてくる太陽の熱ささえ、慄き震える心には届かなかったが、それでも訓練された彼の足は心や体とは無関係に、戦友たちの足音に合わせて機械的に歩みを続けていた。涙と吐き気が絶え間無く襲ってきていた。記憶は何度も同じ光景を彼の目の前に投射した。あの老人の手、あの女の目。どれほど詫びても懺悔しても、あれらは生きている限り自分の心から消えないだろう。安らかな眠りはもはや彼の元には訪れないのだ。彼は脱走したかった。これ以上軍隊に留まることは耐えがたい気がした。しかしそうすれば成功しようが失敗しようが二度と故郷には戻れなくなる。家族にも会えない。彼はいつか心の中でこの地獄の日々が早く終わるようにと祈っていた。戦争に勝とうが負けようが最早どうでも良かった。国の為とはいえ彼は母を悲しませ自分の良心も深く傷つけたのだ。しかし炎天下の道は遥か遠くにのびて「今日」すらまだ終わっていないことを無情に告げていた。

十番目の夢

光の小人

エミは病気になって東京の病院に入院しました。エミが住んでいた町にも、大きな病院が幾つもありましたが、その時はちょうどエミのかかった病気に対応できる専門医が常勤している病院で、すぐ入院出来る所が見つからなかったのです。入院してからの毎日は、沢山の検査を受けなければなりませんでしたが、治療は内服薬によるものだけで、薬の効果が出て検査値が安定する時まで、エミは大部分の時間をベッドで安静にしていなければなりませんでした。初めて家を離れ一人ぼっちで遠くに来ただけでも心細いのに、周りを背の高い大きなビルディングに囲まれて、故郷のような緑の林や土の地面などを見ることが出来ない病室で静かに過ごす毎日に、エミの心の中には、だんだん言い知れない不安な気持ちが募ってくるようになりました。昼間はまだ、近くのビルの屋上を散歩する人や、クーリングタワーの点検をする人、お昼休みにバルコニーに出て体操をしている人の姿を見つけて気を紛らわせることができましたし、アンテナの上でつがいのカラスが嘴で互いの羽を撫であい、からかいに来たらしい他のカラスを追い払っては戻ってきて同じ動作を繰り返す仲睦まじい様子が見られることもありました。しかし夜になると、一晩中皎々と明かりをつけたビルに囲まれて、全く違う世界に紛れ込んでしまったような孤立感と寂寥感から、早く自分の知っている風景の中に戻りたいという強い焦りと苛立ちに眠れない夜を過ごすこともしばしばでした。入院前に友人が、エミが退屈するだろうことを心配して、落語や音楽が入っている何本かのカセットテープを持たせてくれましたが、体調が優れないのであまり聞く気になれず、焦燥感に苦しみながらも、ただ徒に医師のお許しが出て退院できる日を待っておりました。おそらく多忙な仕事中に入院したのであろう患者さんの中には、毎日の検査や処置を受ける合間に、分厚い本と首っ引きで仕事に励んでいる人もいました（まだパソコンは普及していませんでした）。エミもその人を見習って何かに打ち込んでいれば孤独を感じないで済んだのかも知れません。しかし気力がすっかりなくなっていたエミには羨ましく思えただけで、そんな頑張っている人をお手本にすることなど考えられないことでした。

そんなある日の夕方のこと、特に気が滅入っていたので少しでも気分を変えたいと、貰ったテープの中からメンデルスゾーンの『歌の翼に』という曲を選んで聞き始めました。部屋は四人部屋でしたが、ちょうど他の方達は皆外出していたので、イヤホンは使わずラジカセの音量を部屋の外を通る看護婦さんに叱られない程度に落として聞いていました。しばらく仰向けになって目をつむって調べを追っていましたが、何かの拍子にふと目を開けると何と頭の上に灯火のように明るい光の塊があったのです。正確にいえば、ベッドの頭の方に付いている白いスチールパイプの真ん中あたりの上に、大人の手のひらほどの大きさで、ろうそくの火を丸くしたような光るものが乗っていました。夕日が部屋に射しこんでいるまだ明るい時間に、幽霊の火の玉が出ることなど考えられませんでしたから、何の光だろうと、エミは寝たままそっと首だけ反らして光を見つめました。それはよくみると丸っこい人の形をしていましたが輪郭がボーッとしていてハッキリその姿を見ることは出来ませんでした。頭がとても大きく小太りで尖った帽子をかぶっているように見えました。そしてちょうど風に揺れている椿のつややかな葉に日光が当たっている時のようにチラチラ光っていて捕らえどころがありませんでした。その丸っこい光は、お尻をスチールパイプの上に乗せているように見えました。そして音楽に合わせて手足を振っているように、チラチラした煌《きらめ》きがリズミカルに揺れていました。帽子のとんがった部分に見えると

ころは、風になびくろうそくの灯火の先と同じように左右に揺れて見えました。ですから見方によってはメロディーを楽しむように絶え間なく動いている柔らかい光が沢山、一ヵ所に集まって小人の姿を作っているようでもありました。エミは息をひそめじっとこの光で出来ているような物は何だろうか、何処から現れたのか？　といぶかりながら見つめていましたが、そのうちに白雪姫の物語を思い出し、これは、その話の中に出てくる小人の一人に違いない、と思いました。その光で出来た塊は、そんなエミには全く頓着しない様子で、音楽を楽しんでいるかのようでした。そして曲が終わると同時に、前触れもなくふっと消えてしまいました。それと殆ど同時に射し込んでいた夕日が翳り、天井の蛍光灯は点いていましたが、部屋は急に薄暗くなりました。エミはすぐさま起き上がってパイプの上を見てみましたが何かが居たような形跡は有りませんでした。それで、カーテン越しに他の方のベッドも見てみましたが、当然映写機などあろうはずもなく、小人を思わせる光が出来た原因を見つけることは出来ませんでした。もしかすると斜めに開いていた窓の方から入って壁に掛かった鏡に当たって反射した夕日の光と、スリットが入って縞になっているカーテンを通して直接入った光とが、エミの枕元の壁でぶつかり合って干渉しあって描いた光の模様だったのかもしれません。いずれにせよその光の小人の踊りはとても可愛いものでした。しかも音楽に合わせて、灯火のようにチラチラしていた姿を思い出すと知らず知らずに楽しい気分になりました。エミはそれから時々、その曲のメロディーを口ずさむようになっていました。お陰で病院生活はエミにとって辛いものでは無くなり、イライラすることも、孤立感を感じることも殆どなくなりました。夕方その病室で音楽を聞いていれば、いつかそのうち、チラチラ煌めく愛らしい光がまた見られるかもしれないという期待感があったからです。不思議なことに、その小人を見てから、エミの病状はみるみる良くなっていきました。身体を治すには明るく楽しい気分になることが大切だ、とよくいわれることが当たったようでした。そうして、日を置かず、エミが退院する日が来ましたが、結局その日になっても、そんな光が出てくることはありませんでした。確かにそれはひとときの夢だったのですから。それでもエミは、寂しい時や辛い時、見えないだけですぐ傍にあるかもしれない、白雪姫や小人らが住むお伽噺の世界の事を想像し、クラシック音楽を聞きながら、そのできごとを思い出すだけで明るい気分になれるのでした。

十一個目の夢

ペット

うす暗くジメジメした留置所の窓からはもう春だというのに濁った鉛色の空しか見えず、鉄格子の間から吹き込む風は身を切るように冷たかった。引きずられるようにしてこの冷たい部屋に入れられてから三日目になろうとしている。僕のほうが暴れたのだから仕方はないのだが三日経ってもまだ口惜しい思いは拭い切れない。僕は金属製の石のように硬いベッドに腰をおろして又あの悔しかった出来事を噛み締め始めた。

僕と仲間達がサイプの飼育規制を求めて活動を始めてからもう何年も経つが成果は何一つ上がっていない。ある意味では致し方ないのかもしれない。サイプとはピンク色のフワフワした毛玉のような生き物で真ん丸い顔には黒い大きなどんぐり眼と干しブドウのように丸くペチャンコの小さな鼻がついている。国の東岸の先にある無人島に行った探検隊が見つけてあまりの可愛さに連れ帰ってきたのだ。耳元まで開く大きな口は頂けないが普段はつつましやかに閉じられているのでいつもニコニコ笑っているように見える。サイプは自分より大きな生き物には臆病で逃げたり隠れたりしてしまうから野生のサイプを飼うのは難しい。だが子供の時から飼うとよくなついて従順に甘えてくるし呼びかけた時ピョンピョン跳ねてくる様はまるでピンクのボールが弾んでいるようだ。器用に動く短い桜色の手足を使って身繕いしている仕草には、見ているだけで心が癒《いや》されるというお年寄りも少なくない。ところが一方サ

イプは雑食性のうえ食欲旺盛で自分より小さいものは何でも食べてしまう。狂暴なドブネズミでも自分より小さければその柔らかな体を利用して捕らえ、毒のあるヘビでさえ問題なく消化してしまう。その上繁殖力はネズミも敵わないくらいだ。そのため僕らが直面したのがサイプに食べられてタデルが絶滅しそうになってしまったことである。タデルは腐った葉っぱのような色をして体中がゼリーのようにブヨブヨしている水中生物だ。粘液質の体から触手のようなものを出して水の底をのろのろと這って歩く、素手では触る気になれない気味の悪い生き物だ。しかしタデルはどんな汚れた水でも自分の体内で浄化する能力を備えている。しかも彼らの排泄物は僕らに不足しがちな栄養成分を含んでいるので僕らの国では井戸の中や汲み置きの水を入れておく水ガメの中でタデルを飼っている。よほどきれいな水でない限り餌をやる必要もない。水の中の微生物や僕らには見えないような小さな藻を食べているだけでも生きていけるようだ。餌が不足すると冬眠したように全く動かなくなるがそれでも泥水を入れてやると又動き出す。寿命がどれくらいかは分からないが相当長い事は確かだ。そのため繁殖能力は決して強くない。サイプが連れてこられペットとして飼われるようになってからタデルはあっという間に見られなくなってしまった。自分より大きい生き物の姿が見えなければサイプは水ガメの中のタデルを食べてしまう。毛はフワフワして長いが体自体は細い生き物なのでドアの隙間くらいは上手に滑り込んで通ってしまう。そして水ガメの蓋をいちいちきちんと閉める人は先ずいない。そしてタデルが食べられてしまうと飼い主は川や沼に行って新しいタデルを取って補充するだけなのだ。醜いタデルを愛らしいサイプから守ってやろうとする人は僕の知る限りでは見当たらなかった。しかもサイプがやって来た頃にはタデルは川や沼の底の石を退けると大抵見付ける事が出来るほど沢山棲んでいた。しかしサイプがペットとして広く飼われるようになると放し飼いにする飼い主が出てきた。サイプは飼い主の目が届かなければ、そして大きな生物がいなければ、川や沼の小動物をタデルも含めて手当たり次第に食べてしまう。野生のサイプがいる無人島ではサイプは滅多に見られない希少動物だったから多分天敵がいたのだろう。しかしその天敵が何であったか僕らには分からない。

たとえ天敵が見付かって増えすぎたサイプの数を抑えたにしても今度はその天敵が僕らにどんな悪さをするか分からない。そのうち終に野生のタデルは殆ど見られなくなり井戸や水ガメの水の浄化が間に合わなくなり始めた。子供達に汚い水を飲ませて病気にしないようにするため何層にもなったフィルターが開発され売り出された。しかしそれは高価なうえに何カ月かに一度買い換えなければならない。余裕のない人にはとても購入できないものだ。更に交換したフィルターはゴミとして残ってしまい、廃棄するにもお金がかかる。タデルのようにただ水底に存在しているだけで僕らの役に立ってくれるわけではない。僕らは遅れ馳せながら、何とかタデルをサイプから守り、その数を増やそうと活動をはじめた。しかしサイプを擁護する人達から激しい反発を受け苦しい戦いを強いられる事となってしまった。彼らからみればこんな愛くるしい生き物の飼育に制約を加えられることなどあり得ない事なのだ。お金さえあればフィルターで水を浄化できるのだから、水ガメの中にタデルの醜い姿を見なくて済むではないか。たとえ川や沼の小動物がサイプに食べられて全部いなくなったとしても、自分達の生活には何の影響も出ない筈だ。川の魚が減れば養殖で補えば良いのだから。それなのに何故サイプを苦しめてまでタデルなどの小動物を守る必要があるのか。そういう訳で、サイプに癒やされている人にとってはサイプを危険だと考えること自体が間違った考えだったのだ。フィルターを開発した会社にとってもタデルが増えることには問題があった。タデルが昔のように利用されるようになれば、誰もフィルターを買ってくれなくなるからだ。こうした利害関係のために僕らの活動は遅々として進まなくなってしまった。あの日、僕は下の沼でタデルを食べようとしたサイプを棒で追い払おうとして、誤って棒の先のささくれ立っていた部分をサイプの足に引っかけ、怪我をさせてしまった。そのサイプを放し飼いで散歩させていた飼い主の女性は大変な剣幕で、哀れな声でキュンキュン鳴いているサイプを胸に抱いて、血の滲んでいるその足を僕に見せながら「私の子供同然のこの子を傷つけた責任は最後まで充分取ってもらいますからね！」と詰め寄ってきた。そして僕が謝るどころかサイプを罵倒した為に動物愛護法か何かで訴えてきた。僕は怒りを抑えきれず仲裁に来た警官相手に暴れてしまい留置所行きになったというわけだ。たぶん僕の懐にとっては大変辛い罰金刑が待っているに違いない。これからの活動にも支障をきたすだろうと考えると吹き込む風の冷たさが余計身にしみた。

「おい、差し入れだ」

突然廊下から声がかかり僕の回想は中断された。振り返ると紺色の制服を着た赤ら顔の大男が覗き窓からリンゴのような丸い青色の果実を見せている。僕はそっぽを向いた。男は気を悪くした様子もなくドア越しにのんびりした口調で言葉を続けた。「おまえ、運の良い奴だな。昨日の夜ターシ街のどこかのお屋敷で、大きくなりすぎたサイプが赤ん坊に噛み付いてしまったそうだよ。幸いすぐ飼い主が気がついたので大事にならなかったということだが、今街はそれで大騒ぎさ。おまえ、もしかしたらお叱りだけで出られるかもしれないぜ」その言葉には何となくホッとするものがあった。僕は下の小窓に手を伸ばした。「その差し入れをくれ」「おうさ」男は悪びれずに果物を転がしてよこした。そして「俺んちはフィルターを買う金がないんでタデルがいなくて困ってんだ」と独り言のように言葉を投げてそのまま行ってしまった。僕は果実を拾いながらほくそ笑んだ。そうだサイプは栄養が良ければ中型の犬くらいまで大きくなると聞いている。怪我をした赤ん坊には申し訳ないがこれで飼い主達は自分より小さい生き物は何でも食べてしまうサイプの恐ろしい性質を認識してくれるかもしれない。そう、もし間に合えばタデルを絶滅から救えるのだ。僕は鉄格子の向こうの鉛色の空に向かって思いきりバンザイをした。

夢の十二番目

魔法のピアノ

そのグランドピアノはいつも、小学校の、校舎とは別棟になっている大きな講堂の隅に置かれていました。他に誰でも使えるアップライトピアノが音楽室にありましたから、講堂で行われる入学式や卒業式といった行事の時しか使われることがなく、立派な房つきの黒いビロードの布をかぶせられて、黒子のようにひっそりと佇んでいました。

ある冬の午後のこと、寒さに震えながら校舎の外の通路を掃除していた小学生のトモキは、講堂の大きな窓越しに、射しこんだ日の光が中の木の床を温かく照らしているのを見て、中に入りたくなりました。そこならいじわるな木枯らしも追いかけて来ない筈です。ちょうど通路の掃除当番はトモキ一人でしたから、そして幾ら掃いても吹きすさぶ風が落ち葉をそこここに散らしていましたから、掃除をサボっても叱られる心配はなさそうでした。それより寒さに誘われるように出て来る鼻水の方がうっとうしくて嫌な気分でした。そこで箒を雨どいの後ろに隠し、正面の重い扉は見つかりそうで開けられなかったので、脇の、渡り廊下で校舎に繋がっている所のドアを引っ張ってみました。運の良いことに、ドアには鍵がかけてありませんでした。そこでトモキは用心深く辺りを見回して誰も見ていないことを確認してから中に入り、きっちりドアを閉めてから踵を返して一番明るく光が入ってくる窓の方へ向かいました。木造のがらんとした講堂の中は思ったほど暖かくありませんでしたが幾つもある大きな窓から部屋の半分くらいまで光が差し込んでいて、日溜まりの床板はほのかに温かく、座り込んで日が当たるように足を伸ばすととても好い気持ちでした。まだ寒くはありましたが、誰にも知られていないという解放感で暫く日向ぼっこを楽しみました。やがて校庭の方から聞こえていた、掃除当番の子供たちの賑やかな声が聞こえなくなり、そろそろ掃除が終わって、下校しなければならない頃だと思いました。そこで、まだ座っていたかったのですが、教室にランドセルを取りに戻らなければ、と重い腰をもち上げました。立ちあがった時に隅っこにあるグランドピアノが目にとまりました。なぜかいつも掛けてある覆いの布がはずしてあり、つやつやと黒光りするどっしりとした本体はとても格好良く見えました。トモキは音痴でいつも皆から「君が歌うとぬか味噌が腐る」といわれて笑い者にされていましたので、音楽はあまり好きではありませんでした。ですが誰もいないところでそのピアノを見ると無性に弾いてみたくなりました。早速前に行って天板を起こしました。講堂の中は射し込む夕日で大変明るくなっていましたが、壇の下で陰になっているピアノの前はうす暗く、外と同じくらい寒く感じられました。トモキは震えながらそっとピアノを開けました。誰にも見咎められずにグランドピアノに触れるなんて滅多にないことです。トモキは「ド」の音を押してみました。低い澄んだ音が静まりかえった講堂の乾いた空気の中に響いて消えました、と同時に天板から埃のようなものがフワッとあがりました。青っぽい煙のようにも見えました。「あれっ」と思ってもう一度「ド」の音を押してみました。やはり音と共に青っぽい霞のような埃が立ちました。今度は「レ」の音を押してみました。また埃が上がりましたがその色は緑がかっていました。そこで試しに1オクターブ上の「ド」を押してみました。すると埃の青色は前より濃い群青色に見えました。今度は同じ「ド」のキーを強く叩いてみました。すると埃は沢山あがったのか、濃くなったような気がしました。トモキは面白くなって順番にどんどん鍵盤を押してみました。するとその度に上がる埃は緑から黄色、オレンジ、赤から赤紫、青紫からまた青へ、と変わっていきました。すっかり楽しくなったトモキは教室に

帰らなければならないことも、大きな音を立てて見つかったら先生に叱られるだろうということも忘れてしまい、うろ覚えの『猫ふんじゃった』という曲を弾いてみました。ところが煙のような埃の色は混ざり合って濁った色になってしまいました。確かに音痴のトモキのことですからリズムはめちゃくちゃでしたが、埃が灰色になってしまったのは、たぶんそのせいではなく、曲のテンポが速すぎたせいだ、と思うことにしました。そこで今度は『チューリップ』という曲を弾いてみました。トモキが何とか弾ける曲はその二つしかなかったのですが、今度はうまくいきました。次々にあがる色の煙は、さながら風に揺らぐ虹のように空中を漂って消えました。トモキは試しにピアノの端から端までバアーッと指を走らせました。青から赤へと次々に浮かぶ埃の色は両端では、埃の溜まり方が多いのか濃くて、真ん中の三オクターブくらいが薄く柔らかい色合いのように見えました。あがった埃が射しこんでくる光の通り道に上手くぶつかると、細かい粒が反射して色がついた真珠のようにきらめきました。もっと色々埃をたててみたいと思いましたが、その時に下校時間を告げるチャイムが鳴り出しました。トモキは慌ててピアノを元通りに閉めると、箒を隠したところから出して、校舎の脇の壁に作ってある用具入れに戻しに行きました。下校時間には少し遅れましたが、掃除をサボったことは誰にもばれないで済みました。

それから十日もしないうちに講堂で卒業式のリハーサルがありました。そこでトモキは先生がピアノを弾いている間、ピアノに出来るだけ近い椅子に座って、天板の上ばかり注意して見ていましたが、色のついた埃どころかチリ一つ上がりませんでした。きっと誰かが埃を拭き取ってしまったに違いありません。トモキは自分に、もしまたピアノの鍵盤を叩ける機会があったら、絶対掃除しないでおいて、色が付いた埃がたつかどうか見てやろう、と心に決めました。ですが、トモキの、音感とリズム感のなさが筋金入りだったこともあり、二度とそんな機会は訪れませんでした。その後、トモキが卒業して何年か経ってから、その小学校はお城の敷地内にあったために、お城周辺を復元整備する必要から近くの小学校に併合され、校舎は取り壊されました。昭和初期の建築を思わせる奥ゆかしい佇まいの講堂だけは資料館として残されましたが、色付きの埃を見せてくれたグランドピアノは併合された時にどこかへ行ってしまいました。そういう訳でたぶんもう、掃除をしない方が綺麗なピアノに巡り合うなんてことは、誰にも二度と起こらないような気がします。

十三個目の扉

旅立ち

「お前、仕度はもう出来たのかい？」玄関に座って靴を磨いていた私に後ろから祖母が、いかにも心配そうに声を掛けてきました。普段落ち着いて穏やかな祖母がこんなにそわそわしているのを見るのは初めてでしたので、面白く感じながらも、言い知れない寂しさが胸の奥からこみ上げて目が潤んできました。わざと笑ってみせて「大丈夫、忘れ物があったらまた来るから安心して」と答えますと、祖母は悲しげに歪めた顔に口だけ微笑を作り「では、出発前に仏様に挨拶に行っていらっしゃい。それからもう一度、私の部屋にも来てね」と言うと向きをかえ、心持ち肩を落としながら暗い廊下を居間の方に戻って行きました。その後ろ姿に私は「今まで本当にありがとうございました」とそっと心の中で声を掛けていました。

私は両親を知りません。物心ついた時には叔父の家で祖母に育てられておりました。叔父夫婦も祖母も私に両親のことを話したくない様子でしたので、私としても子供心に聞いてはいけないように思っておりました。ですから母が祖母の娘で、叔父の姉だったこと以外、何も知らなかったのです。父のことは耳にしたことさえありませんでした。それでもそんなことが気にならないぐらい温かい祖母の愛情に包まれて十分幸せに育つことが出来ました。しかしやがて従弟たちが成人した頃から、何となく肩身の狭い思いを感じるようになってきました。そこで、従弟の一人が結婚することになったのを機に、叔父の家を出ることに致しました。といっても特に決めた仕事があるわけでも、行くあてがあるわけでもありませんでした。祖母や叔父夫婦には、友人の所に厄介になってその家の仕事を手伝う、と言ってありましたが、実際はアルバイトで貯めたお金が少しありましたので、そのお金で国内を歩き回り、住んでみたいと感じた町で寝る所と仕事を探すつもりでおりました。祖母は私が学校を途中で辞めて働きに出ることに反対でした。独立するのなら、きちんと学校を卒業して仕事を見つけてから出ていくべきだと言うのです。しかし私は、従弟の婚約者が、新婚の二人が水入らずで過ごせる部屋があるかどうか心配しているのを聞いてしまいましたので、そして、叔父夫婦に、「一人暮らしをしてみたいから、この家を離れようと思います」と話した時叔母がみせた、一瞬ホッとしたような表情を思い出しますと、どうしても祖母の言葉に従うことは出来ない気持ちでした。祖母に従えば、これまで厄介者だったに違いない私を、自分の子供たちと分け隔てなく可愛がって育ててくれた叔父夫婦に申し訳ない気がしたのです。

心の中で祖母に謝りながら、私は磨きかけの靴を玄関先に投げ出して、居間とは反対側にある仏間へと向かいました。仏間は家とは別棟になっていて、代々の先祖の位牌が祀られていました。私の両親の位牌もあるのかもしれませんでしたが、位牌が多すぎて私には分かりませんし、出ていくことになっても祖母は両親のことには触れようとしませんでした。そして私も、祖母の悲しみを思うと最後まで聞いてみる勇気が出ませんでした。

奇妙なことに、離れの仏間には脇部屋がついており、そこにはいつも一人か二人の僧侶が住んでおられ、水垢離を取ったり、裏の岩山で坐禅をしたり、一晩中お経を唱える、などの修行をしながら、仏様をお祀りしておりました。

私が仏間に入った時は、ちょうど二人のお坊様が仏壇の前でお経をあげていらっしゃるところだったので、私はその後ろに座り、お経に唱和しようと耳を澄ませました。するとちょうどお経が終わるところだったのが分かりましたので、黙って待つことにしました。お経の最後にお坊様たちは各々両手を大きく広げて仏壇に向かって深々と礼をしました。それから立ち上がって向き直り私を見ましたので、私も立ち上がって合掌し、別れのご挨拶に伺ったことを話しました。すると、若い方のお坊様が「あなたがいつも持っている箱を貸してください」と言われ、私の方に右手を差し出しました。確かに私は、物心ついた時から小さな箱を肌身離さず持っていました。白っぽい象牙のような色の箱で、中に指輪一個がやっと納まるくらいの、とても小さい箱ながら、きちんと閉まる上蓋が付いている精巧な作りの箱でした。中は空っぽで、何のためにいつから持っているのか、または持たされているのか、自分でも全く分からないながら、大切にしていました。

　私は上着のポケットからその箱を取り出して、それをお坊様の掌の上にそっと置きました。するとお坊様は、その箱を両手で大事そうに包み、胸の前にもっていくと、仏壇に向き直って、小さな声で何かお経を唱え始めました。終わると、両手でその箱を私に返して下さいました。「お上人様は今、この箱に何をしていらしたのですか？」箱を受け取りながら、私は尋ねてみました。するとお坊様はにっこり笑い、「あなたの箱の四つの面に、四つの念を入れておきました。その箱を大切に持っていらっしゃい」とお答えになりました。私は不思議な気がして、「四つの念とは何なのか、良かったら教えてください」とお願いしてみました。するとお坊様は「しゅう、れい、りょう、き、の四つです」と即座にお答えになられました。私は忘れないようにと、急いで箱をポケットに戻して、代わりに手帳を出して（何故かその時、胸のポケットに手帳とボールペンが入っていました）、その言葉を走り書きで、咄嗟に思いついた漢字で書き留めました。「しゅう」には「修」の字を、「れい」には「礼」を、「りょう」に「霊」しか浮かばなかったのでその字を、そして「き」には「基」の字を書き、これで良いですか、とお坊様にその手帳をお見せしました。すると、それまで無言で脇に立って、私達のすることを見ていらした年配のお坊様が言葉を挟まれ、「三つの漢字はそれで正しいけれど、『りょう』の字は違うと思いますよ」と言われました。若いお坊様も「たしかに『りょう』は『霊』ではないですね、どの漢字か調べてあげましょう」と言って下さいました。そして手首にかけた数珠を外し

て持ち替え、入り口と反対の壁際に置いてある本棚の方に向かわれました。ところが、ちょうど折悪しく、仏間の、母屋に通ずる通路の方から、おそらく仏間の後ろにある中庭に向かう通りすがりだったのでしょう、叔父が扉越しに声を掛けてまいりました。「お前、まだ部屋の掃除が済んでいないじゃないか。掃除機が置きっぱなしになっているぞ」叔父の声に私はびっくりして「すみません、すぐ片付けます」と大声で返事をしました。仏間に灯りが点いていなかったため、叔父が中に私1人しかいないと思い込んでいることは明らかでした。これまではお坊様が仏間にいらっしゃる時は必ず灯りが点けてあったからです。そういえば今日に限って何故灯りを点けなかったのだろうと訝りながらも、私は二人のお坊様に会釈をして「もう一度伺いますから、その時に『りょう』の漢字を教えてください」とお願いして、急いで仏間を離れました。三つ目の「念」の意味が知りたくて、出来るだけ早く戻ってきたかったのです。そして母屋の二階にあります、長年親しんだ自分の部屋に駆け上がりました。部屋に残っている荷物は、着替えなどを詰め込んだスーツケースと山登りに使っていた大きなリュックだけ。他は全部人にあげたり捨てたりして処分してしまいましたので何も残っていませんでした。あと二カ月もすればこの部屋は新しいお嫁さんが使うことになるのでしょう。私は、叔母がよくやるように、鼻歌でリズムを取りながら掃除機をかけ始めました。さようなら、私の部屋、私の家。今、私は旅立つのです、新しい世界に！

十四個目

おかしな子供

その子が本当は誰だったのか私にはよく分かりません。しかし普通の子でなかった事だけは確かだと思います。太一君と私が学校の行き帰りに必ず通ることになる道は途中まで両側に大小の木が小さな森のように茂っていて、その隙間を埋めるように笹がぼうぼうと出ている場所でした。木がまばらになった辺りにある数軒の住宅も、まるで何処でも構わずに生えてくる笹や竹などと競い合って建っているように見えました。そんな藪に囲まれて、道から少し窪地になっているところに大きなお屋敷が建っていました。木造の平屋の家で、高いどっしりした屋根は瓦で葺いてあり、広い縁側からは同じように広い廊下とその奥に障子で仕切った畳の部屋を覗き見ることが出来ました。欄間の梁は黒光りする丸太が渡してあり、雨戸を収める戸袋の外側には飾り板が張られて、昔はどんなにか素晴らしい建物だったろう、と思わせる名残がありました。しかしちょうど私達が通学していた頃にはお屋敷は見る影もない状態になっていました。瓦屋根は所々変色してヒビが入りその間からぺんぺん草が顔を出していました。戸袋には大きな裂け目が出来て雨戸を出したら一緒に落ちてしまいそうでした。縁側は風雨に晒されて白茶けたボロボロに崩れそうな木の地肌をむき出しにしており障子は褐色になって所々が剝がれていました。障子の隙間から見える中の畳も黄色く変色し、遠目でみても縁のほころびが分かるようで、雑草の生えた荒地を思わせるものがありました。その広い家には男の人がたった一人で住んでいるようでした。何で生計を立てていたのか分かりませんが、いつも同じ、くすんだネズミ色の作業服を着て近所を歩き回り、時には庭に盥《たらい》を持ち出して下着らしいものを手で洗っている事もありました。また春になると、私達が登校する頃に、道端の土筆や蓬などを摘んでいるのを見かけることがありました。ところがいつごろからか急にその人の姿が見えなくなりました。しかし私達は元々たまに出会うだけでしたので、居なくなったことを別段気に留めていませんでした。そしてどれくらいの時間が過ぎたのか分かりませんでしたが、ある日、ちょうど試験中で学校が早く終わったので私達が普段より早くその家の前を通りかかると、道の端に黒くてピカピカの高級車が停まっていました。太一君は車に詳しいので「すごいや、こんなところにアメリカ製の新車が停めてあるよ。どんな人が乗ってきたのかな？」と車の方へ近づいて行きました。その時ちょうど反対側の例の家から若いご夫婦が出てきて車の方へ歩いてくるのが見えました。二人とも背が高くて男の人はきちんとした黒いスーツ姿。女の人は紺のワンピースに同じ紺のジャケットを身に着けていました。二人は何か熱心に話しながら、後方に立って車をしげしげと眺めている私達に気が付いた様子もなく、さっさと乗り込んで走り去ってしまいました。太一君は、その後もそこに立ったまま、私にその車の名前や性能、装備や値段などを教えてくれていましたので、私達は家の方に顔を向けている状態でした。すると誰もいないと思った家の中から一人の男の子が泣きじゃくりながら出てくるではありませんか。十歳くらいでしょうか、たぶん、この辺では今まで一度も見かけた事のない子でした。しかもその子供はお屋敷のどこかの扉を開け閉めした様子もなく家の外に出てきたので、突然家の前に降ってわいたように見えました。私は隣にいる太一君も見ていたかと、そちらに眼を向けましたが、太一君の方は話に夢中で気が付かなかったようです。その子が広い荒れた庭を抜けて道までやって来ましたので、私は声を掛けてみました。「どうしたの？　お家の人に何か叱られたの？」その子は首を横に振りました。あまりきれいとは言えない青いシャツを着てよれよれの黒っぽいズボンをはいた男の子でした。痩せていて、整った優しい面立

ちでしたが顔色は青白く、あまり健康そうには見えませんでした。首を振った時大粒の涙がきらきらと顔から飛び散りました。「これから家出するところだよな？」太一君がふざけた感じで訊きました。すると驚いた事に男の子はその言葉に頷いて私が二の句が継げないでいるうちに頬に伝わる涙を拭おうともせず、そのまま道を、私達が向かおうとしていた町とは反対の、学校の方へ上って行きました。高台に建っている学校の近くには家は一軒もありませんし、暗くなると人通りも絶えるような寂しい場所です。学校から反対側に降りる道もありますが、町中までは畑と草藪ばかりで、人家はありません。私は心配になって後を追おうとしました。ですが、すぐ太一君に引き止められました。「放っときなよ。荷物を持っていなかったから遠くまで行くつもりはないだろう。泣くだけ泣いたら家に戻るさ」太一君はお節介をやこうとした私に、学校の先生みたいに物知り顔で意見すると、話題を変えて明日の試験の事を話し始めましたので、そして私もその方が大変気に掛かっていましたから、それきり男の子の事は忘れてしまいました。それから暫く経って、そのお屋敷の周りにはシートが張られ、工事車両が出入りするようになり、半年ほど後にはお屋敷は近代的でスマートな姿に生まれ変わりました。平屋は同じでしたが屋根はスレート葺きになり板張りの壁はしっくいで塗りなおされ、戸袋は取り外されて代わりに軽そうなサッシの窓が入りました。明るい色のつやのある木の板で張りなおされた縁側は日差しを浴びると輝いて前よりずっと広い奥行きがあるように見えました。窓からわずかに見える室内は畳がなくなり、落ち着いた木の色の床になっていました。庭にまで侵入していた竹藪は道まで後退し、レンガ色の柵とツルバラの生け垣ができました。入り口には白い金属製の大きな門が出来て、じゃばらになっている引き戸が付きました。そして再びあの外国製の高級車がやってきてやはり金属製の屋根がついている新設の車庫に入り、そこは扉がなかったので、太一君は学校の行き帰りに憧れの車を眺める楽しみを増やしました。

その後ご近所の噂話から私達は、その荒れ放題のお屋敷で一人暮らしをしていたご主人が病気で長期入院を余儀なくされたため、アメリカに行っていた息子さん夫婦がお父さんの世話をしようと戻って来られ、こちらで新規に事業を始めた事を知りました。その時聞いた話では、若い息子さん夫婦にはまだお子さんはいないということでした。そしてお父さんもずっと一人暮らしだったそうです。ですからあの家には子供がいる筈などなかったのです。では私達が出会った男の子は一体誰だったのでしょう？　私がその家から出て来たと思った男の子は？　一つだけ確かなことは、その後私たちがその子を見かけることは一度もありませんでした。

十五番目の夢

予知夢

それは祖母の亡くなる二年ほど前の冬のこと。ある晩恐ろしい夢を見ました。「東京にある叔父の家がガス爆発で全焼し叔父の一家は焼け出され一人で留守番をしていた祖母は全身に大火傷を負って救急車で病院に担ぎ込まれ、夜中に連絡を受けた私の家族が病院に駆け付けた時には、祖母は包帯でぐるぐる巻きにされて痛々しい姿でベッドに横たわっている」という夢でした。それはあながち有り得ない話ではありませんでした。祖母の右手の指はヘバーデン結節といわれる関節の変形のため親指が大きく外側に反り返り、指のつけ根の骨がコブのように出ているうえに他の四本の指は第一関節が膨れて曲がっていて真っ直ぐ伸ばすことが出来なかったため、手にあまり力が入らないようでした。それでもその不自由な手を器用に使って美味しい料理を色々作ってくれましたし、繕い物も自分で針に糸を通して縫い、コサージュ作りなどの手芸も楽しんでおりました。しかし祖母の指では、旧いタイプのガスレンジに点火する為のスイッチは押しづらそうでした。何故なら時々押し損なって、ガスだけ出てしまい、一回で点火できないことがありましたから。ですが祖母は細かく気を遣う性質だったのでガス漏れにまでなるようなことはありませんでした。しかし誰にでもウッカリすることは有るものです。また家族で暮らしているとはいえ、皆自分の生活でそれなりに忙しく、祖母が一人でいる時が多いのも夢を見た後では不安に感じました。夢が正夢になることが無いように何か打つ手が無いかと思案している時に、仕事の関係から東京の晴海という所で開催された見本市を見学に行く機会がありました。そして其処で電磁調理器なる物が売り出されたことを知ったのです。それは加熱に磁気を利用していたので上に乗せる鍋は鉄か鉄を含んだ物でないと使えないものでしたが、火が出ないので煮炊きをするのに爆発や火事の心配がないものでした。さらに空気を汚すことも無いので閉めきった部屋でも使えます。冬にコタツの上で使えば腰の曲がった祖母がいちいち寒さで冷え切った台所まで立たなくても済むので、身体も楽だろうと思いました。そこで早速母と相談の上、デパートに勤めている知り合いに頼んで特別に取り寄せてもらい、お歳暮として祖母に送りました。まだ見本市に出たばかりの品でしたので何処でも買えるものではなかったのです。ところが数日後祖母が大変な剣幕で母に電話をかけてきました。「何であんな無駄なものをよこしたのか？すぐデパートに送り返すつもりだがそれで良いか？」という内容でした。驚いた母がよく話を聞いてみると、祖母のところに来ていた親戚の女性が電磁調理器を見て「自分はこれの事をよく知っているが、こんな電気ばかり無駄遣いする厄介なものはない。邪魔になるだけだから使わないうちに早く送り返してしまった方が良い」と言ったそうなのです。そして「こんなバカな物を送ってくる人の気が知れない」とまで祖母に話したので祖母は母と私にすっかり腹を立ててしまったのです。母は私が夢のことでどれくらい不安を感じているかを知っていましたが、祖母には何も言い訳せずに謝り、電磁調理器は送り返さないよう頼んで、我が家に引き取りました。苦労して手に入れた物をメーカーに返品されてしまうのは残念なことですし、夢の話など誰も信じないことは母にもよく分かっていたのです。余談ですがその電磁調理器は我が家では大変重宝しました。何処でも鍋料理が出来ましたし、コーヒーポットの保温にも使えました。またスイッチを切り忘れても火が出る心配が無かったので、出かける前には特に有難い存在でした。しかし夢に予防策が講じられなかった私の方は気が気ではありませんでした。時々思い出して、明日にでも突然、叔父の家が全焼したという連絡が来るのではないか、と眠れない夜を過ごすことも度々でした。

その、お歳暮の事件から二カ月ほど過ぎたある晩、私は仕事が終わってから叔父の家を訪ねました。その頃は毎月一回新宿で行われる講習会を受講しており、朝が早いので前の晩に祖母のところへ泊めてもらうことにしていました。着いた時には日はとっぷりと暮れ玄関も廊下も台所も真っ暗で、門灯と庭の外灯、そして祖母の部屋だけに明かりが灯っていました。寒い夜でしたので挨拶を済ませると早々に炬燵《こたつ》にもぐり込みましたが、直ぐに玄関の方から誰かが声をかけてきました。出てみるとガスメーターの点検に来たと言う人が二人で門灯の下に立っていて、「お宅で何処かガスを使っているところがありますか？　メーターがずっと動いているのですが？」と尋ねられました。祖母に聞いてみますと、一人なのでガスは使っていない、という返事でした。念の為台所と浴室を覗いてみましたが、どちらの部屋も真っ暗でガスを使っている様子はありませんでした。ガス屋さんにその旨を伝えると「おかしいですね、もう一度見てみます」と首をかしげながら裏の方へ回っていきました。部屋に戻って数分もたたないうちに祖母は「ポットにいれるお湯を取ってくる」と言って台所に立ちました。私は、ポットにヤカンの湯を移すのは私がするから、と言いながら少し遅れて何気なく台所に入ったのです。それから何がどうだったのか、本当のところはよく思い出せません。祖母は「おかしいわね、お湯が沸いてないわ」と言いながらヤカンの乗ったガスレンジの点火スイッチを押そうとしていました。ハッと気づいた私は夢中で小柄な祖母をガスレンジから強引に引き離すと抱きかかえるように居間の方に連れ出し、台所に戻って掃き出し口のサッシを開け、脇に吊るしてあったホウキでガスを掃き出しました。その時のガスの臭いは胸が苦しくなるほどでしたがその前に覗いた時には気づかなかったのです。サッシを開けたまま、やっとガスの栓を閉めガス屋さんに原因が分かった事を伝えに行った時には私は泣いていたような気がします。悪い夢は去ったのです。二度と戻ってこないでしょう。私は心の中で自分の知っているあらゆる神仏に感謝の祈りを捧げていました。私は祖母に思い切り小言を言いました。安心感から来る怒りなんてあるものでしょうか？　しかし確かにその時の私の怒りはホッとした気持ちの反動でした。祖母はいつものように笑いながら「あら、やだ、押しそこなっ

ちゃったのね」と言いましたが、再点火しようとしたことがどれほど危ないところだったのか解っていない様子でした。母にはすぐ電話で災難が起こらずに去ったことを連絡しましたが、他の誰にも、叔父にさえもこの夜のことは話しませんでした。経験上二度と同じ事が起こらないのは分かっていました。そればかりでなくガスレンジが使えないことになると祖母の自由がある程度でも制約されてしまう心配もありました。夢の知らせが幸運の内に消え去った後ではもはや何も言うことはありませんでした。ただ情けなかったのはお歳暮のことで祖母に誤解されたままだった事でした。祖母がその人生に終わりを告げてから後、電磁調理器は電気ばかり使う邪魔な厄介物として廃《すた》れるどころか、改良を加えられて普及し、今ではごく一般的に使われています。

ですからたとえ夢や偶然が何かを教えてくれる場合があることを信じて頂けないとしても、もし誰かがあなたの知り合いに贈り物をした時、それを見たあなたが、それをどんなに無駄で邪魔なものだと感じても、どうぞ馬鹿にして貶すようなことだけはなさらないで下さい。信じてはもらえない思いをこめた贈り物もあるのですから。

十六個目の夢

お祈りの力

ミドリチャンとナッチャンはいつも一緒です。お家が隣どうしなので遊ぶ時も宿題をする時もおやつを食べるときだって一緒です。学校の行きかえりにはミドリチャンがナッチャンを迎えに行きます。なぜかって？　それはナッチャンが小さくておとなしくて口下手でそのうえウンチ（運動オンチ）だからです。おかげでクラスの元気があり余っている男の子達は道でナッチャンに会うと「チビ」とか「弱虫」「ウンチ」とからかっては小石を投げてきたりオシッコをかけた棒切れで追いかけてきたり。時にはわざと足を突き出して転ばせたりするのです。そんな時一人だとナッチャンは目にいっぱい涙を浮かべ下唇をかんで何も言わず下を向いてカバンで頭を守りながらトボトボ歩いて行くのです。ミドリチャンの方は我慢なんかしていません。目には目をです。小石を投げられたら投げ返し、棒切れで襲ってきたら砂を掴んで顔に投げつけ、足を絡ませてきたら蹴飛ばし、悪口を言われたら三倍にして言い返します。おかげで男の子の親達からの苦情でミドリチャンのおかあさんはもう何度も学校に呼び出されて叱られていますがナッチャンを見ているとミドリチャンはどうしても自分が悪いことをしていると は思えないのです。もちろんおしとやかな女の子を自認しているミドリチャンですからナッチャンがいじめられない限り自分から男の子達とやりあうことはありません。ただミドリチャンの方が小石や砂を投げた時の当た

る割合が高かっただけなのです。ですからケガをして血を出して自分の親に泣き言を言うのは決まって男の子達の方でした。

二人が仲良く帰る道の途中に木がこんもりと茂っている所があり小さなお堂が建っていました。お堂から縁側のように張り出している虫食いだらけの板の間は、夏は涼しく冬は北風を防いでくれるので毎日のように立ち寄っては靴のまま板のところに腰掛けておしゃべりをしていましたがお堂の中は見ないように気をつけていました。一度格子戸の隙間から中を覗いて見ましたら真っ黒な顔に目をかっと大きく見開いて髪の毛を天井に向けて逆立てている仏様が左手に大きな剣、右手に三重くらいの輪にした縄を持って火の中に座り、すごいしかめ面でこちらを睨んでいました。あんまりおっかない様子だったので見たりしたらバチがあたるのではないかと恐くなってしまったのです。

ある時ミドリチャンは病気になって病院に入院しなければならなくなりました。しばらくナッチャンと学校へ通えなくなります。ミドリチャンは心配になりました。

ナッチャンはいじめられずに一人で学校に通えるでしょうか？　学校に行くのが嫌だ、と言い出さないでしょうか？　男の子達は一人になったナッチャンを良いチャンスだとばかりに前よりひどくいじめるかもしれません。ミドリチャンの病気が治って学校に戻った時、もしナッチャンが転校しちゃっていたら一緒に遊べなくなってしまいます。何とかならないでしょうか？　ミドリチャンはあの通学路の途中にあるお堂の仏様を思い出しました。あれくらい強そうな仏様なら男の子達だって恐がって逃げていくに違いありません。さっそくミドリチャンは布団の上にきちんと座ってお堂の仏様を心に浮かべながら手を合わせて一心にお願いをしました。「どうか男の子達がナッチャンをいじめませんように。ナッチャンが学校に行くのが嫌になりませんように。仏様どうかナッチャンをお守り下さい」入院している間も毎晩寝る前にミドリチャンはお堂の仏様を思い浮かべてはお願いをしていました。やがてミドリチャンの病気は良くなり無理をしなければ学校に行っても良いとお医者様が仰《おっしゃ》いましたので、暫くはお母さんに付き添ってもらって登校することになりました。放課後お母さんの迎えを待っている時に別のクラスにいるナッチャンが部屋に飛び込んできました。いつも無口で下ばかり見ていたナッチャンが元気で生き生きしているのでミドリチャンのほうがびっくりしました。「ミドリチャン退院おめでとう。今日から学校に来ること私知らなかったの。会いに来るのが遅くなってごめんね。ミドリチャンのお陰でこの間の運動会かけっこで私一番だったのよ。校長先生まで褒めてくださったのよ。本当にありがとう。だけど私のために病気が重くなったのではないかって気をもんでいたの。大丈夫だった？」ミドリチャンはますますあっけにとられました。何の事か全くわからなかったからです。ナッチャンの説明によるとミドリチャンが入院した翌日の放課後「ミドリチャン」がナッチャンを迎えに来て『入院が十日ほど延びたからその間にどうしたらナッチャンがいじめられずに学校に通えるかを一緒に考えよう』と言ったそうです。本当のミドリチャンはその時には入院していたのでそれは全く知らないことでした。しかしナッチャンはミドリチャンの気持ちが嬉しくてそれにもう男の子達からいじめられたくなかったので「ミドリチャン」にすすめられてかけっこの練習を始めました。「ミドリチャン」は足の出し方やフォームを直してくれたりタイムを計ってくれたり、そのうえ待ち伏せされた時やいきなり後ろから打たれたりした時に上手に避けて逃げる方法まで一緒に考えてくれたそうです。そしてミドリチャンのいない間ナッチャンはひたすらかけっこの練習に励み、とうとういじめっ子は誰もナッチャンを追い掛けてこられなくなりました。「今は私、追ってきた男の子に振り返ってアッカンベーしても追いつかれなくなったのよ」とナッチャンはうれしそうに言いました。ただナッチャンが変に思ったのは「ミドリチャン」が家には絶対来ないでほしいと頼んだことでした。ナッチャンが家に来ると、入院日まで間があることを利用して自分が家を抜け出してナッチャンに会っていることが家の人にバレて叱られてしまうから、と言うので、言う通りにしましたが、いつも一緒だっただけに何か「おかしいな」と思ったそうです。それにしても「ミドリチャン」がミドリチャンでなかったと聞いてナッチャンは口がきけないほど驚きました。ミドリチャンもその点は同じでした。ミドリチャンは毎晩お堂の仏様にお祈りをしていたのできっとあの仏様がナッチャンを助けてくれたのに違いないと思いました。そこでミドリチャンが付き添いなしに一人で学校に行って良いとお許しが出た日、二人は早速お堂の仏様にお礼に行きました。格子戸の間から見える仏様は相変わらず恐い顔で二人を睨んでいましたが二人には「よかったね。二人ともガンバッたね」と言っているように思えたのでした。

17番目の小さな扉

うわさ

ねえ！　聞いた？　五年五組の黒板の話。え？　まだ知らないの。多分もうみんな知ってるよ。いい？　これはお母さんや先生には絶対内緒だよ。分かったらきっと取り替えちゃうに違いないから。気がついたのは五年五組の子達だって。担任のタヌキバラ先生は問題を全部黒板に書くのがクセなんだ。算数の時間、黒板に問題を書いて、それからいつもみたいに誰か黒板の前に出てきて問題を解いてもらおうと「これができる人？」って聞いてたんだって。それで手を上げた子の中から一人を指して黒板の方を振り返ったら、何ともうチャアンと黒板に答えが書いてあったんだってさ。タヌキバラ先生は呑気だから「あれ！　ボク、答えまで書いちゃったかな」と言って済ませちゃったんだけど、みんな「おかしいな」って思ったんだって。それを聞いた六年生の子が学校が終わってから、その教室まで行って黒板に宿題に出た難しい問題を全部書いてみたんだって。何にも起こらなかったんで帰ろうとしたんだけど、黒板を消すのを忘れていたので戻ったんだって。そしたら何と黒板に答えが出ていたんだって。だからその子は自分で宿題をやらないで済んじゃったんだ。だけどいつどうしてそうなるのか、誰にもまだ分からないんだ。何人か、実験してみたらしいんだけど、答えが出てきた子もいるし、なーんにも起きなかった子もいる。みんな不思議がってるんだ。ねえ？　本当だと思う？　ちょっと面白いよね！　でもいい？　大人には絶対内緒だよ！

夢の窓から

文章にするのには短すぎる夢を詩にしてみました。

故　郷

寝苦しい明け方うとうとしている私に、
誰かが話し掛けてきます。
ここにいたのですか？　ずいぶん捜しました
たよ。
さあ、一緒に故郷に帰りましょう。
私の意識が戸惑っている間に、
私の心が答えます。
私には「ここで生きる」という仕事があります。
今、故郷には帰りません。

そして私は考えます。
私はここで生まれて、
ここで育って大きくなって、
だけど私の心は、
一体何処で生まれたのだろう。

ひらひらと

空から落ちてくるのは何だろう。
真っ青に澄んだ空から、
無数の輝く円板が、
花びらみたいに、ひらひらと、
遥か虚空から、降って来る。
町を包んで、辺りはみんな、
きらめく光で満たされる。
それは優しく音もなく、
虫の上に、鳥や獣の上に、
そして人の上にも舞い降りる。

地上に降りて、命に変わる、
小さな光が、つぎつぎと！

初めての記憶

私の初めての記憶、
それは白い霧を抜けたとき。
私には体が無い。
私は赤ん坊の上に浮いている。
この子の体に入らなくちゃあ。
そればかり考えている。
お手伝いさんが赤ちゃんを抱いた。
お母さんが心配そうにのぞきこむ。
厚いフトンにくるまれて、
赤ん坊はスヤスヤ眠っている。

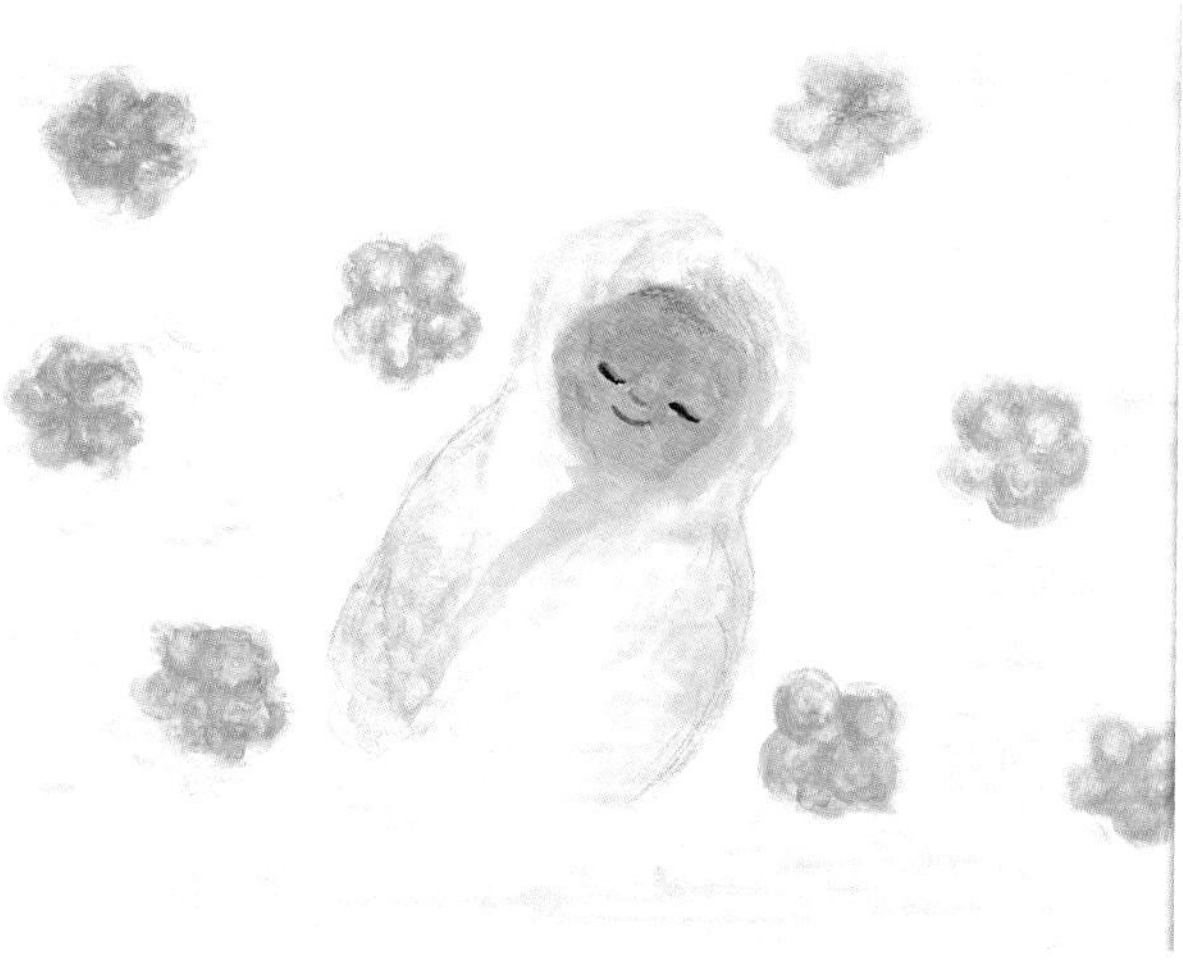

上に、下に、横に、
何度も何度もまわりを回って
やっと体の中におさまったと思ったとき、
目を開けて見た。
空、青空、リンとした空気の中、
明るい光に満ちて、
どこまでも深い澄んだ青、
何と　この世はきれいなんだろう。
そして私は眠ってしまい、
目が覚めたら三つの誕生日を過ぎていた。

溶けちゃう？

光、光、青い光が燃えている。
此処は、何処？　私は誰？
まばゆい光があたりを包んでいる。
目を開いていられないくらい、
何だかワクワクする感じ。
激しい喜びが体と心に溢れてくる。
心地よい気分で、ふと手足を見る。
輝く光で、手足は見えない。
光の中に溶け込んでしまったみたい。
急に怖くなる。私は溶けちゃうの？

自分じゃ無くなっちゃうの？
光の中に溶け込んだら一緒に輝けそう！
自身が光となって広がっていく開放感。
だけど私は目をそむけ、大急ぎで逃げ出す。
何が怖いのかわからないままに。

ひとりぼっち

私は、大勢の人の中にいる。
どれも知らない顔ばかり。
誰もが私の体を押さえてくる。
歩き出すと、足や手がからんでくる。
戻ろうとすると、肩や腕がのしかかってくる。
重苦しさに夢中で手足を振り回し、
やっと、みんな振り払ったと思ったら、
あれっ、私はわたしから出てしまった。
体は下で揉みくちゃになっているのに、
私は一人で、空中にいる。

風が吹いてくる。私は流される。
どこにも掴まれない、何処にも止まれない。
木も、岩も、滝も、動物も、体を通り抜ける。
何もかも、虚像になって、私はその中を漂う。
周りはすべて普段どおりだ。ごく普通の朝。
皆は、学校へ、仕事へ、遊びへと出かけて行く。
なのに、私は独りぼっち。話すことも、
食べる事も　触れることもできない。
寂しい、心細い、怖い、どんなに焦っても
見えている世界に、戻れない。入れない。
恐ろしさに夢中で手足を振り回し、
あれっ、また私は大勢の人の中にいる。

夢の窓から

貝殻

ボクは青い貝殻を持っていた。
楽しい事、嬉しい事を考えていると
貝は澄んだ水色に輝いた。
ボクが悲しい事、嫌な事を考えると
貝は青黒く、くすんでしまった。
小さい時、父からもらった貝殻
父は素潜りの名人だった。
だけど父はもういない。
ある時、一人の商人がやって来た。
同じ貝を見つけましょう。

大儲けができますよ。
誰でもいつでも手に入る物。
それは、誰も欲しがりません。
たった一つしかないもの、
それは王様の物になる。
もしも、幾つか同じ物があれば、
我ら商人にお任せあれ、
お好きなだけ高く売って
差し上げましょう。
あなたが取り尽くしてしまえれば、
値段は我らの思うがまま、
さあ早く出かけましょう、
他の誰かに取られる前に。

でも貝殻を見つけたのは、ボクじゃない。
父が何処で見つけたか、誰も知らない。
そして父はもういない。
貝殻はもう光らない。
商人は　諦めて帰って行った。
ある夜ボクは貝殻を海に返した。
貝はきらめきながら沈んでいった。
深い海の底へ。
父の眠る海の底へ。

闇のキャンバス

裏の納屋からボヤが出た。
外は黒こげ、中身は煤け。
使える物は何も無い。
仕舞っておいた大きなキャンバス。
沢山有るのに真っ黒け。
ゴミにしようと運んでいたら、
見知らぬおじさんが寄ってきた。
「此のキャンバスを捨ててはいけない。
これは闇のキャンバスだよ。
キミは此処に光を描きなさい。

夜明けの、辺りを明るく染めて昇る太陽を。
暮れなずむ濃紺のベールの上に、輝き始める星々を。
又は砂漠を旅する隊商を、冷たく照らす月光を。
暗い空に溶け込む海に、点々と灯る漁り火を」
一体どんな絵の具なら、そんな光が描けるのか？
聞こうとして振り返ったら、もうその人は居なかった。
そしてキャンバスは今も闇のまま。
沢山有るのに捨てられない。

黄《き》金《ん》

南から生暖かい風が吹いてくる。
大きな波が押し寄せてくる。
遠い海から嵐がやって来た。
人々が浜に集まる。
逆巻く波の中を船が来る。
金色に輝く船が波止場に入って来た。
不思議な人たちが降りてくる。
青い肌、白い髪、黒いマント、鉛色の杖。
彼らがマントを翻すと、
空は暗くなり空気は重くなる。

彼らが杖を振ると木々は震え塀は崩れる。
彼らが息を吹きかけると
動物は力を失い歩けなくなる。
彼らが手を触れると
植物はしおれ枯れていく。
しかし彼らは黄金を持っている。
船いっぱいの黄金。
お役人がやって来る。
町長さんもやって来る。
議員さんもやって来る。
漁師さんも、農婦さんも、鉱夫さんも、
町のみんながやって来る。
その手には

抱えきれないほどの黄金が渡される。
みんなが笑っている。みんなが喜んでいる。
どの人の手の中にも輝く黄金が溢れている。
宴会が始まる。歌ったり、踊ったり、
みんな大いに楽しんで、もう誰もはたらかない。
病人が増えていく。作物は減っていく。
家は朽ちていく。黄金はどんどん渡される。
人が死んでいく、黄金を握り締めて。
畑は枯れ草の荒野に変わる、
そこここに黄金を転がして。
建物は壊れていく、
中に黄金を積み上げたままで。
それでも誰もはたらかない。

会議は沢山開かれる
規則はどんどん生まれ出る。
それでも誰もはたらかない。
まだまだ黄金を求める。
みんな笑っていたいから。
楽しいことだけ考えたいから。
やがて金の船が去った後には、
黄金と死の町が残った。

＊この詩でいう『はたらく』は『はた』即ち周囲を『楽』にするために動くという意味です。

裏切り者

あの人は父に雇われた。
なのに父を裏切って
古き家宝を壊していった。
それで生家は断絶し
私は追われる身となって
異郷の町々さまよった。
だけど夢が教えてくれた。
あの人が言った言葉
「僕は貴女《あなた》と一緒なら、
いつでも死ぬことが出来ますよ」

それを私に言いたくて
あの人は父に雇われた。
いつか私があの世への川を渡る時
あの人は私のために舟を設え
私のための渡し守となるだろう。
そしてその時、裏切り者は恩人となる。

赤い涙

世界を滅ぼす魔物が去ってから、
私達は生き残りを探して旅に出た。
そしてかつての戦場で一人の若者に
会った。
彼に導かれ訪れた廃墟では、
真っ赤な水がぶくぶくと湧き、
崩れた石垣から溢れ出ていた。
彼は私達に語った。自分が人ではない
ことを。
人間たちはこれまで幾度も文明を興し、

輝かせて尚、更なる豊かさ追い続け、
災厄を呼び、傷つけあって、
痛みの中で滅んだことを。
「この地から命が消えた時、大地が流した血の涙は、
今もこうして、とめどなく地表を染めていく。
あの丘に立ってお前たちも言うだろう。
『僕らは過去から学んでいる。
僕らは愛を知っている。
二度と同じ道は歩まない』と。
しかし世界が変わるたび人間はいつもそう誓った。
覚えておくが良い、遥か未来お前らの血を継ぐ者、
誰もが知恵の鍵を得て、心の庭へ門を開け、
我らの声に応える時まで、

もはやこの涙が乾くことはない。
彼らが我らと共に生き、この地に緑が戻るなら
それから彼らの住む国は永く喜びに包まれる」
そして彼は消えていった、透明な霧の中に。
立ちすくむ私たちの足元を
真っ赤な水は流れ続けた。

終わりに

郁子ちゃん、私達がまだ子供だった頃、私が時々辿る不思議な夢路に興味を持って、メモしておくように勧めてくれた貴女のお蔭で、この本を作ることが出来ました。貴女と出会わなければ、これらの物語はほんのひと時私の眠りの中を訪れただけで消えていたと思います。

今も私を別世界への旅に誘って下さる「夢」と、天国の郁子ちゃんに、そしてこの「贈り物」の中に御一緒して下さいました皆様に、心から感謝を捧げます。

「うき雲《くも》の　いつしか晴《は》れて　この頃《ごろ》は　光《ひかり》あまねし　今《いま》ぞ嬉《うれ》しき」

(これは既に絶家している生家にあった、ご縁のある方々の幸せを祈る誓いの詞の一部です。この短歌と共に皆様のご多幸をお祈り申し上げます)

ありがとうございました。

外郎　まちこ（ういろう　まちこ）

熊本県在住。薬剤師。神奈川県小田原市において2005（平成17）年、二千年続いた家伝の薬の歴史に幕を降ろし滅亡した旧外郎家最後の末裔。著書に、室町時代から代々継承されていた言い伝えを記録した『ういらう』（東京図書出版刊）がある。

夢からの贈り物

2020年8月23日　初版第1刷発行

著　者　外郎まちこ
発行者　中田典昭
発行所　東京図書出版
発行発売　株式会社 リフレ出版
〒113-0021　東京都文京区本駒込3-10-4
電話（03）3823-9171　FAX 0120-41-8080
印　刷　株式会社 ブレイン

ISBN978-4-86641-337-2 C0095
Printed in Japan 2020